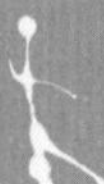

장흥교도소에 수감되어 있는 젊은 친구가

나를 처음 보았을 때 실망했다고 한다.

솜이불처럼 부드럽고 따뜻한 신부를 기대했는데

카리스마 넘쳐나는 모양새가 영 부담스러웠단다.

하지만 오래 겪어보니

진득한 정이 베어나는 게 좋단다.

묵은지 같은 맛이 있단다.

그 말에 용기내서 내 살아가는 이야기를

속창아지 없이 내놓는다.

모두의 삶 자리가 점점점 좋아지길 바란다.

2010년 늦여름 최민석(첼레스티노)

춤추는 신부

어느 천둥벌거숭이 신부의 사랑노래

춤추는 신부

초판1쇄 찍은 날 | 2010년 8월 27일
초판1쇄 펴낸 날 | 2010년 9월 1일

지은이 | 최민석, 조연희
펴낸이 | 송광룡
펴낸곳 | 도서출판 심미안
주　소 | 503-821 광주광역시 남구 양림동 24-18번지 2층
전　화 | 062-651-6968
팩　스 | 062-651-9690
이메일 | simmian03@hanmail.net
등　록 | 2003년 3월 13일 제05-01-0268호

ISBN　978-89-6381-030-0　03810

춤추는 신부

글 최민석 그림 조연희

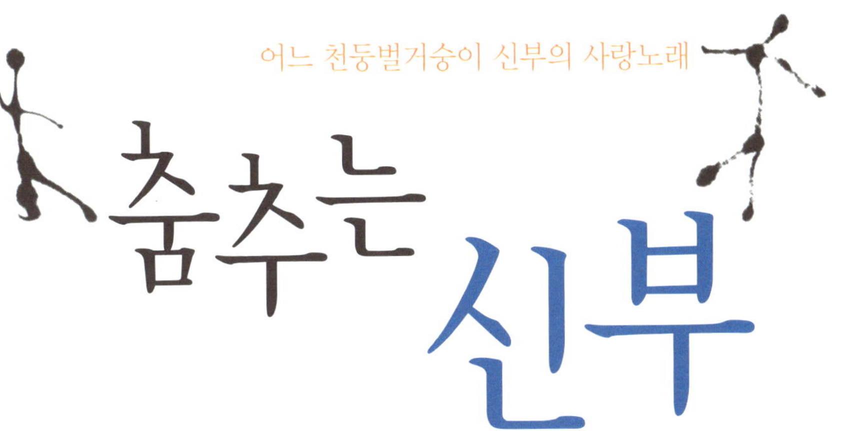

심미안

차례

1장 평화의 인사

내 인생의 벗들 _ 12

농촌사람 도시사람 _ 14

눈물겨운 선물 _ 16

단식예찬 _ 18

말의 진정성 _ 20

병일까 천성일까 _ 23

봄비, 보고 싶습니다 _ 24

에이, 근다해 _ 26

천년의 강물소리처럼 _ 27

정말 부끄럽습니다 _ 28

맑은 날 _ 30

거룩한 신부 _ 31

기쁨 만땅 행복 만땅 _ 32

평화의 인사 _ 33

내가 지금 살아있어 감사합니다 _ 34

우리 안에 계신 당신 _ 35

오늘 이 순간이 기적입니다 _36

당신의 평화로 다시 시작합니다 _38

나의 지식콤플렉스 _39

다 지나간다 _40

당신의 사랑 _41

불안 _42

숲 _44

얼른 보고 싶습니다 _45

우리 엄니 _46

눈물 _48

내 마음 총총하고 _49

탐진강 산책 _50

모든 것은 그냥 지나가지 않는다 _51

내가 참 좋다 _52

당신의 눈으로 당신 안에서 _53

새해의 선물 _55

감사합니다, 인생수업 _56

지혜를 주소서 _57

죽다 살아나서 _58

가을햇살 아래 고개 숙이고 _59

2장 지금 강이 너무 아프다

귀농하는 사람 _62

나누며 산다는 것 _64

부활전야, 장흥성당 돼지 잡는 날 _66

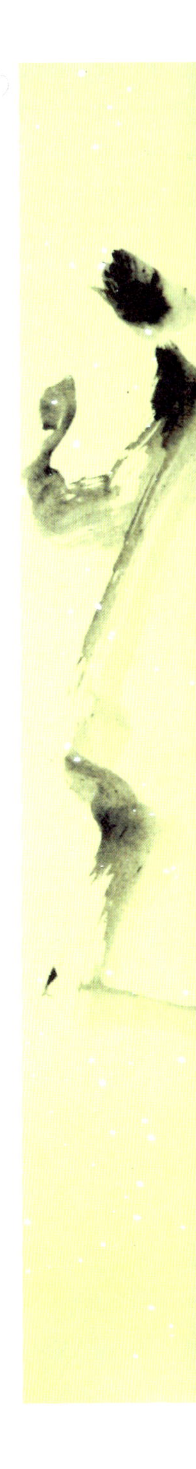

삶은 수치와 치욕을 통과해 얻는 사랑 _68

지역사회에서 사제의 역할 _70

아이들은 솔직하다 _72

어린이는 놀이하는 인간 _74

우리도 늙어 가는데 _77

푸른 가을하늘과 홍시의 추억 _78

지금 우리의 육체는 불온하며 불안하다 _80

지금 강이 너무 아프다 _81

포클레인으로 무장한 계엄군 _82

낙동강 _83

아이들은 하느님의 선물 _84

아이들은 여린 생명들과 어울려 논다 _85

인간의 집 생명의 집 _86

오늘은 어린이날 우리들 세상 _87

4대강을 살리는 사랑과 관심 _88

금강 _90

시골 사제생활의 맛 _92

오 피스(peace) 코리아 _93

공소 주일미사 풍경 _94

사는 것은 함께 잘 노는 것이다 _95

함께 마음 모아 _96

흘러야 한다 _97

우리는 순례자 _98

사랑 _99

서울광장 가는 _100

3장 세상사람 누구나 아프다

가난한 사람들에게 희망을 _ 102

가을 속으로 _ 105

가을 천관산의 고독 _ 106

나의 가면 _ 108

내가 갖지 못한 슬픔 _ 110

웃음소리 _ 112

웃어요 _ 114

지금 여기 이 순간 _ 115

조상들의 신앙생활 _ 116

인간은 누구나 에고중독증 환자 _ 118

아, 모를 일입니다 _ 120

부활의 봄소식 _ 121

세상사람 누구나 아프다 _ 122

아름다운 사람 _ 124

영혼 없는 _ 125

사랑 받고 싶으면 _ 126

심심병 _ 127

자연의 최후통첩 _ 129

자연의 무위를 욕망한다는 것 _ 130

용서와 사랑 _ 132

삶은 놀이다 _ 134

그런데 그런데요 _ 135

기분 좋은 날의 풍경 _ 137

사랑의 결핍 _ 138

아침이슬의 윙크 _ 139

인생은 나를 위해 술 한 잔 사주지 않았네 _ 140

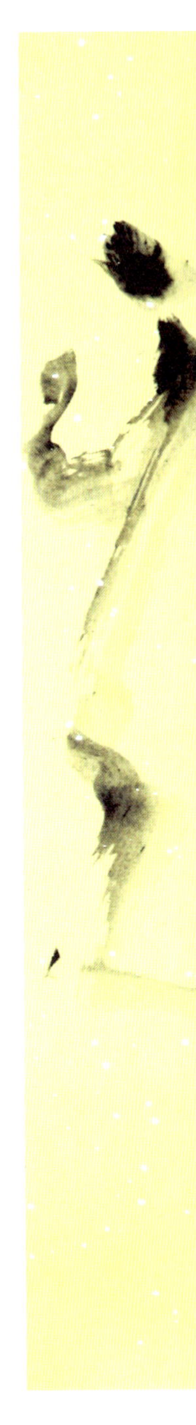

1장
평화의 인사

내 인생의 벗들

오늘은 뭔가 좋은 일이 생기려는 듯 퍼덕퍼덕 기분 좋은 날입니다. 사제관 뒤뜰 거위의 두꺼운 금속성 울음소리, 줄지어 식량을 나르는 마당의 개미행렬, 내 발에 채여 저기 굴러가는 못 생긴 돌멩이 하나까지, 오늘 내 인생의 벗들입니다.

그 가운데서도 가장 살가운 벗들은 외로워서 투정하는 사람, 다른 견해로 언쟁하여 서먹해진 사람, 먼 길을 떠난다며 찾아온 젊은이, 성당 마당에서 깔깔깔 뛰노는 아이들, 이 모든 사람들입니다.

이렇게 가까이 벗들로 넘쳐나니 분명 난 행복한 사람입니다. 가끔은 괘씸한 생각으로 힘들었지만, 오늘처럼 술 한 잔 마시며 이야기 나눌 수 있으니 분명 내 인생은 축복 받은 것입니다.

오늘도 사랑할 능력을 주신 당신께 감사드립니다.

농촌사람 도시사람

농촌이 위기라고 하지만 내 생각에는 아직 살 만합니다. 물론 경제의 양적 규모나 사회문화적 인프라 차원에서 비교하면, 도시보다 못 산다고 말할 수 있긴 합니다. 하지만 삶의 질 차원에서 보면 도시의 서민들보다 농민들이 더 나을 것입니다.

도시의 삶은 모든 것을 돈으로 해결해야 하지만, 농촌의 삶은 돈 없이도 서로 나누며 살아가는 구석이 많습니다. 무엇보다 농촌의 생활과 노동은 몸과 몸이 직접 접촉하며 함께 돕고 나누어야 가능합니다. 그래서 넉넉하고 살뜰한 정이 살아있습니다. 말하자면 근본적인 삶의 질 차원에서, 도시보다는 농촌이 더 나은 것입니다.

도시인들이 시간만 나면 도시를 탈출하고, 귀농·귀촌하려 꿈꾸는 것을 보십시오.

우리는 이러한 차이를 모든 생명끼리 소통하는 능력인 사랑의 차원에서 봅니다. 농촌사람들은 자연과의 소통에 민감합니다. 요즈음에는 하우스시설농과 같이 자연을 인위적으로 조작하여 농사를 짓기도 하지만, 그 자체도 근본적인 자연의 순환에서 자유로울 수 없습니다.

그래서 농촌사람들은 일상적으로 자연과 접촉하고, 자연에게 배우며 자연 속에서 살기에, 인간관계도 보다 직접적이고 솔직합니다. 자연에게 사랑의 기술을 배워 사랑하는 능력이 뛰어난 것입니다.

농촌의 소박하고 가난한 사람들은 찬미 받으소서!

눈물겨운 선물

우리 주위에는 가난한 사람들이 참 많습니다. 시골 노인들은 한 달에 10~20만원으로 살아갑니다. 봄이면 냉이니 쑥이니 캐다 파는 할머니들을 오일장에 나가면 볼 수 있습니다. 아직도 1시간 정도 거리는 걸어서 시장에 다니는 노인들도 많습니다.

세월이 하 수상하여, 이 가난한 노인들에게 돌아가야 할 돈이 강을 파헤치는데 사용되고 있습니다. 그래도 할머니들은 씩씩하고 건강합니다. 평생 일해서 자식들 가르치고 장가 시집 보내놓고도 모자라, 지금도 계절 따라 무엇이든 나오면 도시에 사는 자식들에게 보냅니다. 도회지 자식들 먹고살기 팍팍해졌다고 꼬깃꼬깃 모아놓은 돈도 보냅니다.

그러니 겉으로 보기에 매끈한 도시의 삶이란 것이 농촌의 희생 속에서 겨우 생존하고 있다고 말해도 좋을 것입니다. 난 오늘도 손 하나 까딱하지 않고 맛있는 봄나물에 밥을 먹었습니다. 물론 돈으로 샀을지언정, 모두다 우리 늙고 가난한 이들이 가져다준 눈물겨운 선물입니다.

끝끝내 농촌을 지키며 살고 있는 우리 아버지 어머니들은 축복 받으소서.

단식예찬

단식을 잘하면 모든 게 가벼워집니다. 마음도 몸도 가벼워지고, 생각도 가벼워집니다. 무엇보다 정신과 영혼이 맑아집니다. 단식을 하면 생활이 너무나 단순해집니다. 먹을 일이 없으니 번거로운 음식장만에서 놓여납니다. 술을 마시지 않으니 사람들과의 약속도 별 부담 없이 거절할 수 있어, 혼자 있는 시간이 많아집니다.

그런데 단식을 하면 평소보다 꼭 한 가지 조금은 귀찮은 일이 생깁니다. 꼭 귀찮은 일은 아니고 기분 좋은 일이기도 합니다. 하루에 몇 번은 샤워를 해야 하는 일입니다. 단식을 하면 몸속에 있던 찌꺼기들이 연소되며 고약한 냄새를 내뿜습니다. 늙고 병든 세포들을 몸 밖으로 쫓아내고 싱싱한 세포들이 탄생하는 과정이랄까. 뭐 씻는 걸 싫어하면 어쩔 수 없는 일이지만, 옆 사람들이 무척 힘들지도 모릅니다.

참, 단식을 하면 기운이 빠져 평소에 하던 일이 힘들 수도 있습니다. 심한 육체노동이 아니라면 이도 별 걱정하지 않아도 됩니다. 단식기간이 문제겠지만 일주일 이내라면 크게 염려할 필요가 없습니다. 단식이라고 아무것도 먹지 않는 것은 아니고, 물도 먹고 소금도 먹고, 필요하면 효소를 물에 타 먹기도 합니다.

그리고 단식 중에는 가볍게 하루에 1~2시간 산책을 하면 좋습니다. 장흥에는 걷기 좋은 산책코스가 많습니다. 장흥읍에서는 탐진강변도 있고 남산공원도 있습니다. 되도록 넉넉하고 가벼운 옷차림으로 숲속을 걸으면 더욱 좋지요. 민감해진 몸이 숲의 좋은 기운을 잘 흡수할 것입니다.

말의 진정성

오늘도 깊은 마음속에 머물지 못한 설익은 말들이 중구난방 쏟아졌습니다. 입술을 자주 열지 않으면, 어리석은 생각도 가끔은 지혜의 언어로 바뀔진대 잘 안됩니다.

누구는 조리 있게 말 잘하는 재주를 타고나기도하고, 누구는 말재주가 없기도 할뿐더러 남 앞에 서는 것조차 힘들어 합니다. 나는 아무래도 말 잘하는 전자인데, 내가 생각해도 말들이 꼬리에 꼬리를 물고 술술술 잘도 이어 나옵니다.

그러다보면 미사 강론시간이 많이 길어집니다. 미사시간이 길다고 불평하는 벗님들의 눈치가 보입니다. 하지만 어떡합니까, 흘러가는 시간을 깜박깜박 하는 경우가 많은데.

문제는 시간도 시간이지만 말의 진정성 아닌가요. 내 마음과 공명하여 시간 가는 줄 모르는 지경이 있는가 하면, 뭔가 교훈적인데 다가오지 않아 지루한 경우도 있습니다. 같은 말들의 풍경을 두고도 사람에 따라 받아들이는 경우가 다르기도 합니다.

무소유를 산 법정스님의 말씀에 힘이 있듯이, 결국 말과 행동이 다소곳하게 포개지는 사람의 말이 감동을 주겠지요.

저는 아직 당당 멀었습니다.

병일까 천성일까

오늘 사제관에서 몇몇 벗님들과 차 마시며 유쾌한 이야기를 나누었습니다. 벗들이 떠나고 나니 조금 쓸쓸해집니다. 하지만 벗들이 떠나고 난 자리에 아직도 맑고 즐거운 웃음소리가 남아 여기저기 날아다닙니다.

솔직히 말해서 '기도하는 사제'로서 나는 부족한 면이 있는지 모르겠습니다. 벗들과 함께 왁자지껄 얘기 나누어야 즐겁고, 안심이 되고, 내 존재감을 확인할 수 있습니다. 병일까요? 천성일까요? 어찌됐든 난 사람들과 만나고 이야기 나누는 일이 참 좋습니다.

오늘 이야기 주제도 뭐 심각하거나 중요한 일은 아니었습니다. 그냥 중구난방, 이런 얘기했다 저런 얘기했다, 두서가 없는 이야기들이었습니다. 하지만 서로 만나서 얼굴 보며 이야기 나누다보면 한없이 즐겁습니다.

그 자유로운 분위기 속에서 가끔은 좋은 아이디어가 누군가의 입에서 나와 재미있는 일을 생각하게 됩니다. 그런데 그냥 가벼운 농담으로 넘기지 못하고 자꾸만 뭔가 일로 만들려 하는 이 욕심은, 분명 병적인지 모르겠습니다.

제발 저의 일 욕심을 줄여주시고 벗들과 부담 없이 만나게 하소서!

봄비, 보고 싶습니다

장흥성당의 우리 벗님네들이 참말로 보고 싶은 밤입니다. 새벽미사에 다녀간 얼굴들이 꿈속에서 본 천사마냥 여직 생생합니다. 내 이리 감상에 빠진 것은 아무래도 새벽미사가 끝나고 내리기 시작한 봄비 때문입니다. 조용조용 내리는 따뜻한 봄비라니!

우리시대의 소리꾼 장사익은 노래합니다.

> 봄비 나를 울려주는 봄비, 언제까지 내리려나,
> 마음마저 울려줘, 봄비야…
> 외로운 가슴을 달랠 길 없네.
> 한없이 적시는 내 눈 위에는
> 빗방울 떨어져 눈물이 되었나 한없이 내려…

통속한 노랫말로 자칫 청승에 빠지기 쉬운 곡조를 투명한 슬픔으로 끌어올리는 절제된 힘이 느껴집니다.

하지만 우리는 그 도저한 슬픔에 감염되면서, 가끔 청승으로 무너져 내리고 싶을 때가 있습니다. 나도 가끔은 어깨 들썩이며 남몰래 울고 싶은 날이 있습니다. 어느 봄비 내리던 젊은 날, 거리에서, 주체할 수 없는 연애감정으로 범벅이 된 눈물과 빗물에 대한 기억.

하여 지금 같은 마음이면 마당에 나가, 벗들의 따뜻한 눈길같이 쏟아지는 봄비를 온 몸으로 맞으며 두 팔 벌리고 서 있고 싶은 것입니다. 벗들, 오늘 만은 내 이 청승을 너그러이 봐 주시길.

에이, 근다해

우리는 자꾸만 어두운 과거에 발목 잡히거나 미래에 대한 불안으로 여기 지금의 삶을 유보합니다. 내 자신도 이 경험칙에서 한 발짝도 자유롭지 못합니다. 내가 옳다고 생각한 일이 좌절되었을 때, 몇날 며칠이고 깜깜한 동굴 속으로 들어가 웅크리고 있습니다. 그럴 때는 별별 생각을 다 합니다. 평소 상대의 안 좋은 점들이 도드라지고 미워하게 됩니다.

어둠에 휩싸여 너덜너덜해진 마음으로 집요하게 해법을 찾아보아도, 서광은 보이지 않고 깜깜할 뿐입니다. 마침내 너무 힘들어지면 살기 위하여 마음자리를 바꿉니다. 마음자리를 바꾸며 "에이, 근다해"하고 큰소리로 외칩니다. 욕심과 집착을 슬쩍 놓아버립니다.

아이고, 그러니 살 것 같습디다. 그때는 절실하던 것이 그냥 아무 것도 아닌 게 됩디다. 특별히 나쁠 것 없는 상황은 그대로인데 내 마음이 문제였던 거지요. 이렇게 해서 가까스로 또 한 고비를 넘깁니다.

천년의 강물소리처럼

이른 아침 사제관 뒤뜰 오리새끼들을 보고 있노라니, 절로 내 몸도 뒤 뚱뒤뚱합니다. 재미있습니다. 밤낮없이 뒤뚱거리는 나를 보는 듯합니다. 욕심일까, 욕심인데, 욕심이야, 하면서도 일을 만들고 사람들을 만나느라, 이리 뛰고 저리 뛰어다니는 나를 놀리는 듯합니다.

무거운 마음을 짊어지고 성당 밖 탐진강변을 걸어봅니다. 마음이 무거우니 내 발걸음도 천근만근입니다. 아침운동 하는 사람들이 많습니다. 밝은 얼굴로 걷고 달리는 사람들로 탐진강변이 환합니다. 미운 오리새끼마냥 사람들을 피해 한쪽으로 걸어갑니다. 수달이 산다는 박림소까지 걸어갑니다.

천년을 흘러가는 저 강물의 부드러운 화음和音. 크고 거친 목소리를 가진 내 자신이 순간 부끄러워졌습니다.

정말 부끄럽습니다

오! 아름다운 계절 5월, 당신이 우리 인간에게 주신 놀라운 선물입니다. 감사, 감사 또 감사를 드립니다. 당신의 이 사랑과 축복을 잘 살아야 합니다.

그런데 요즈음 마음이 아픕니다. 잘 살지 못하는 인간들의 모습이 부끄럽습니다. 당신이 선물하신 이 아름다운 강산에 인간들이 무자비하게 폭력을 휘두르고 있습니다. 우리나라 역사에서 가장 무자비한 폭력이 자행되고 있는 현실을 지켜보아야 하는 마음이 부끄럽습니다.

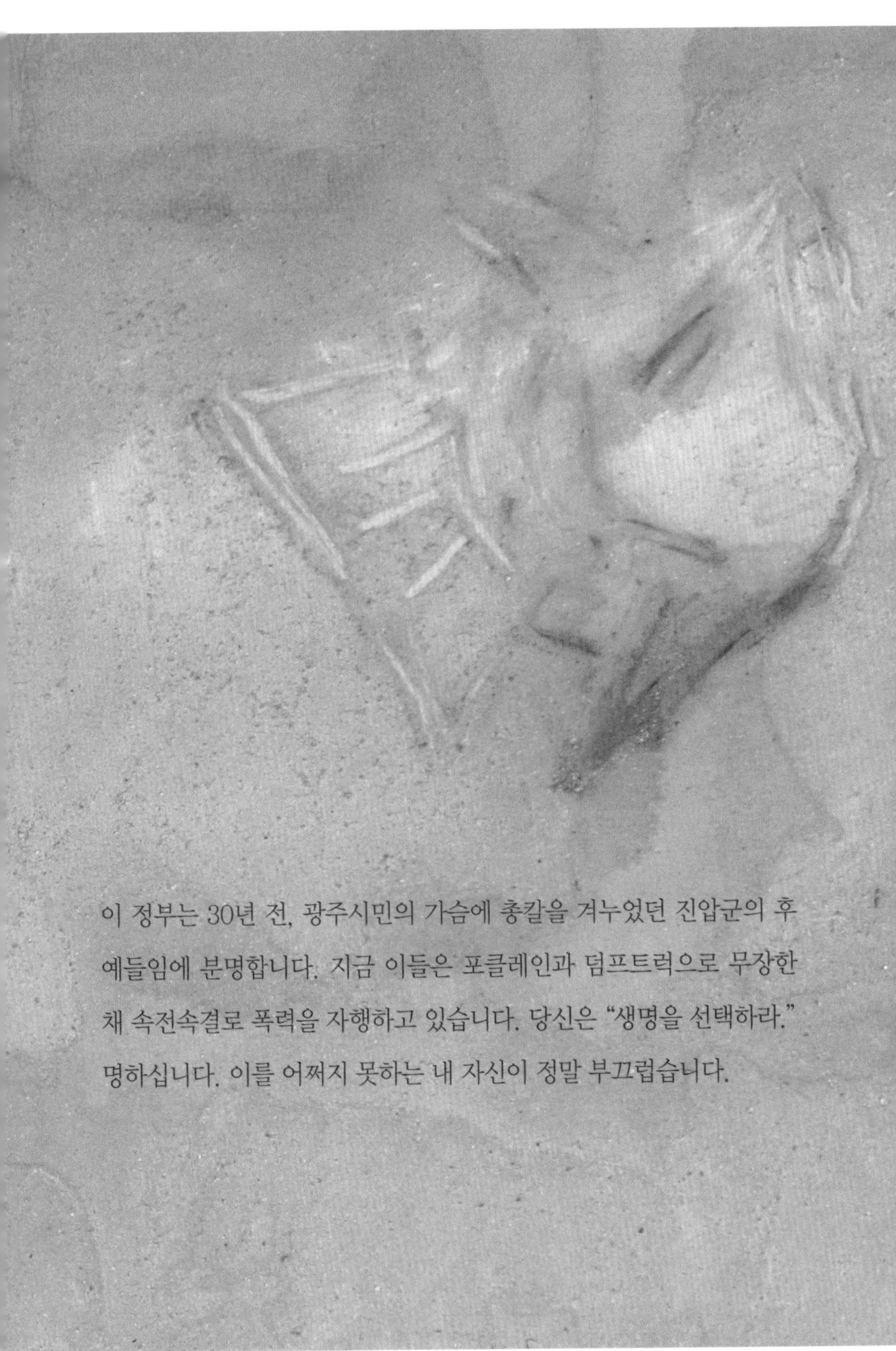

이 정부는 30년 전, 광주시민의 가슴에 총칼을 겨누었던 진압군의 후예들임에 분명합니다. 지금 이들은 포클레인과 덤프트럭으로 무장한 채 속전속결로 폭력을 자행하고 있습니다. 당신은 "생명을 선택하라." 명하십니다. 이를 어쩌지 못하는 내 자신이 정말 부끄럽습니다.

맑은 날

기분 좋은 아침입니다. 햇볕이 너무 맑고 환해서 밖으로 나가 어디든 가서 누구든 만나고 싶은 설레는 마음입니다. 모두가 제 자리에서 자기만의 향기를 은근하게 건네는 작은 풀꽃들을 만나고 싶습니다. 산에서, 들에서, 바다에서 아무도 보아주는 이 없어도 마냥 웃음 짓는 풀꽃들의 이야기를 듣고 싶습니다.

사람들의 주장과 생각에서 나오는 욕심이 아닌 존재들의 향기를 그냥 느끼고 싶습니다. 그냥 그 존재가 진실임을 깨달을 수 있으면 더할 나위 없겠습니다. 그냥 느낌으로 통할 것 같습니다. 오늘 같이 맑은 날이라면.

거룩한 신부

순천 다녀왔습니다. 나사렛 가정 세미나가 있었습니다. 오늘은 제가
조례동에서, 내일은 조례동 안호석 신부님이 장흥 성체세미나에 오셔
서 특강을 해 주실 것입니다. 제가 교구에서 가장 좋아하고 존경하는
신부님입니다.

순천 조례동 라파엘라 자매가 저를 보고, "신부님, 저는 신부님
처럼 연예인 같은 분은 안 좋아해요. 저는 거룩하게 보이는
신부님이 좋아요"하고 고백합니다. 제가 거룩해 보이지
않다는 겁니다.

"어떻게 하면 거룩해 보일까요?"
"머리를 깎으면 거룩해질 것 같은데요."

사실 제가 1년에 한두 번 머리를 깎을까
말까하고, 가끔은 길러서 머리를 묶고 다
니는 불량 신부거든요. 그런데 그 자매가 특
강을 듣고 뭔가 좋은 느낌이 왔나 처음과 다
른 고백을 하네요. "신부님이 너무 멋있
어요." 2시간만의 변화.

기쁨 만땅 행복 만땅

아이들과 성당 마당 나무그늘에서 점심을 먹었다. 올망졸망 앉아서 식사 전 기도를 노래로 하는 모습이 천사들의 합창이다. 오랜만에 소풍 온 기분을 느끼기에 충분하다.

아이들이 앞 다투어, "신부님 안녕하세요."를 외친다. 기쁨 만땅 행복 만땅이다. 어떤 아이가 묻는다. "신부님, 신부님은 남자인데 왜 머리가 길어요?"
"머리가 긴 신부님 멋있어?" 아이들이 한 입으로 "멋있어요." 합창한다.

나는 이래봬도 성모 어린이집 아이들로부터 인정받은 머리스타일이다. 아이들은 거짓말 못한다니까, 정말이겠지, 속으로 생각하며 혼자 기분 좋아한다. 아! 날아갈 것 같다. 날씨도 맑고, 기분도 좋고, 배도 부르고, 세상 아무도 부러울 게 없다.

평화의 인사

주님의 평화가 항상 여러분과 함께.

주님께서 부활하시어 우리 모두에게 선언한 평화의 인사입니다. 그리스도께서 주시는 평화는 세상이 주는 평화와는 다릅니다. 세상의 평화는 외부에서 나에게 주어지는 평화이지만, 주님이 주시는 평화는 내 마음에서 시작되는 평화입니다.

내 마음에 감사, 기쁨, 사랑, 축복을 받아들이고 새기면 주님의 천사들이 세상에 나아가 모든 은혜로운 것들을 가져다주는 평화이지요. 내 마음의 욕심으로 근심, 걱정, 두려움, 어둠, 시기, 질투, 미움을 새기면 그에 합당한 것을 경험하도록 해주신다는 것입니다.

주님, 오늘 하루도 당신이 주시는 평화로 살게 하소서.

내가 지금 살아있어 감사합니다

오메, 오월, 오지게 좋은 달. 어쩐지 이 오월에는 좋은 일, 좋은 사람, 좋은 만남으로 가득할 것만 같습니다. 나를 위해 당신은 이 찬란한 산천을, 이 아름다운 사람들을, 이 좋은 일을 미리 준비해 주셨습니다.

살아있는 모든 것은 아름답습니다. 내가 지금 이 세상에 살아있어 감사합니다. 볼 수 있고, 말할 수 있고, 걸을 수 있고, 먹을 수 있고, 느낄 수 있고, 만날 수 있고, 일 할 수 있고, 멀리, 가까이 어디든 갈 수 있어서 감사합니다.

살아 숨 쉬는 모든 아름다운 존재들이 바로 당신입니다. 내 안에도 당신이 숨 쉬고 있습니다. 당신과 함께 이 세상에 살아있어 감사합니다.

우리 안에 계신 당신

어제 오늘, 봄이라고 하기에는 겨울에 가까울 만큼 추웠습니다. 모든 것을 자라게 하시는 분은 당신이십니다. 모든 것을 자라게 하는 데는 추위도 필요하고, 따뜻한 햇볕도 필요하고, 밤도 낮도, 온갖 것들이 필요합니다. 당신은 이 모든 것을 만드셨으며 인간도 이를 잘 알고 있습니다.

하지만 인간은 자신에게 이익이 되면 좋은 것이요 그렇지 않으면 싫다고 합니다. 인간은 너무나 자기중심적입니다. 말로는 당신이 주인이시다고 고백하면서도 결국에는 자신이 주인이 되고 마는 걸 어떡합니까?

당신은 평화로 생명으로, 그리고 이렇게 겨울과 봄의 경계에서 우리와 함께 계십니다. 인간들의 변덕과는 상관없이 끝끝내 당신은 우리 안에 계십니다. 정신을 바짝 차리게 하는 오늘 같은 추위를 주시어 감사합니다.

오늘 이 순간이 기적입니다

계룡산 씨튼 피정의 집입니다. 아침 기도, 산책, 그리고 아침식사 후 한가한 시간을 즐깁니다. 겸손하신 피정지도 신부님의 신앙고백을 듣고 감사, 감동하면서 시간을 보냅니다.

저의 사제생활을 되돌아봅니다. 허물과 허점투성이로 어디 하나 온전한 구석이 없는, 이 허접한 사람을 지금까지 사제로 살게 해 주셨음을 고백하지 않을 수 없습니다.

당신의 도움 없이는 인간일 수 없습니다. 저는 당신의 용서가 아니면 이렇게 멀쩡히 살 수 없습니다. 당신의 뜻에 따라 당신 사랑의 말씀으로 여기까지 와 있음을 고백하니, 오늘 이 순간이 기적입니다. 축복입니다.

당신의 평화로 다시 시작합니다

화창한 하늘이 시원합니다. 점점점 푸른빛을 더해가는 앞산 녹음은 풍성하고 윤기 나는 머릿결로 춤춥니다. 푸른 산, 푸른 들, 푸른 하늘은 살아있음의 환희를 느끼기에 충분합니다.

이 생생한 환희 속에서 인간들끼리의 작은 다툼과 갈등은 도대체 무엇입니까? 내 안의 복잡함과 인간들의 아귀다툼은 당신의 평화와 생명 없이는 어둠이요 절망이라는 생각을 지울 수 없습니다.

'당신은 나의 목자이시니, 나는 아쉬울 것이 없노라' 노래하는 신앙인들의 마음을 조금은 알 것 같습니다.

저는 당신의 평화로 다시 시작합니다. 당신의 생명으로 제가 살고 있습니다. 당신의 사랑으로 제가 성장하고 있습니다. 아! 참 좋습니다.

나의 지식콤플렉스

나는 콤플렉스가 많은 사람이다. 나보다 잘생긴 사람을 보면 부럽고, 나보다 지식이 많은 사람을 보면 쉽게 위축된다. 내 자신 달변이어서 웬만한 논쟁에서는 밀리지 않지만, 적절한 개념과 이론적 지식을 인용하면서 자기 논리를 펴는 사람 앞에서는 나도 모르게 작아지는 것이다.

나에게는 지식콤플렉스가 있는 게 분명하다. 그런 사람에게 시기와 질투까지도 느끼니 말이다. 그렇다고 이러한 콤플렉스를 극복하기 위해 내 자신 특별한 노력을 하는 것은 아니다. 뭐 새로운 지식이나 이론을 습득하기 위해 열심히 공부를 하진 않으니까.

사실 난 책 볼 시간에 사람을 만난다. 사람과의 관계 속에서 지식을 습득하고 사람과의 대화 속에서 진실을 발견한다. 하지만 가끔은 공허해질 때가 있다. 그럴 때는 공부의 갈증을 느끼기도 한다.

다 지나간다

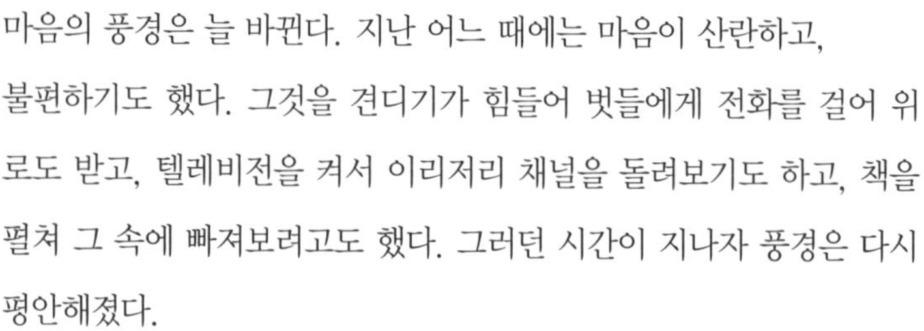

침대에 누우면 내가 장난쳐 놓은 낙
서로 어지러운 천장이 눈앞에 펼쳐진다.
눈을 감으니 낮의 따스한 기운이 온 몸으로 전해져 훈훈
하다. 찬물로 막 씻은 몸이 시원하다. 단순한 멜로디로
된 첼로곡이 잔잔하게 흐른다. 마음이 평화롭다.

마음의 풍경은 늘 바뀐다. 지난 어느 때에는 마음이 산란하고,
불편하기도 했다. 그것을 견디기가 힘들어 벗들에게 전화를 걸어 위
로도 받고, 텔레비전을 켜서 이리저리 채널을 돌려보기도 하고, 책을
펼쳐 그 속에 빠져보려고도 했다. 그러던 시간이 지나자 풍경은 다시
평안해졌다.

시간도 지나가고, 사람도 지나가고, 일도 지나간다. 분주함도 지나간
다. 무엇이든지 다 지나가는 것이다. 그런데도 마음의 풍경이 이렇게
늘 변하는 것은 왜일까?

당신의 사랑

오늘 주일미사 유치공소까지 봉헌하였습니다. 무엇이라고 저를 이토록 사랑하십니까? 감사합니다. 저의 사목 협력자인 선교사님들, 수녀님들, 사목회임원님들, 그리고 모든 교우들에게도 감사드립니다. 우리 모두는 당신이 계획하시고 이루시는 모든 일을 보며 감동하고 감탄해 합니다. 참 좋은 분들이 당신의 일꾼으로 일하시는 모습에 감사합니다.

주님, 제 입술을 열어 주시어 늘 당신을 사랑하는데 게으르지 않게 하소서. 정말 부족한 저를 당신의 사제로 만들어 써주시니 저로서는 놀라울 따름입니다. 저는 할 수 없는 일입니다. 당신의 능력으로 하시기에 가능한 일입니다

불안

혼자 있을 때면 내 마음에는 종종 불안감이 찾아든다. 그 느낌은 찾아
올 때마다 낯설고 불편한 것이어서, 일단 어떻게든 피해보려고 몸부
림을 친다. 하다 안 되면 친구를 부르기도 하고, 멍하니 앉아 아무 음
악이나 듣기도 한다. 그 불안감과 직면할 용기가 없다.

용기를 내어 그 느낌을 즐겨보기로 한다.
자, 이젠 새로운 모험을 시작하는 것이다. 불안의 정체를 살펴본다.
순간 내가 여러 관계들 속에서 버려진 것이 아닌가, 의심이 든다. 아
니 그게 아니라, 그 관계를 더욱 풍성하게 하기 위한 충전의 시간이라
고 생각을 바꾼다. 아하, 조금 편안해진다.

페르시아 신비주의 시인 루미의 「여인숙」을 소리 내어 낭
송한다.

이 존재, 인간은 여인숙이라.
아침마다 새로운 손님이 당도한다.

한 번은 기쁨, 한 번은 좌절, 한 번은 야비함
거기에, 약간의 찰나적 깨달음이
뜻밖의 손님처럼 찾아온다.

그들을 맞아 즐거이 모시라.

그것이 그대의 집안을

장롱 하나 남김없이 휩쓸어 가버리는

한 무리의 슬픔일지라도.

한 분 한 분을 정성껏 모시라.

그 손님은 뭔가 새로운 기쁨을 주기 위해

그대 내면을 비워주려는 것인지도 모르는 것.

암울한 생각, 부끄러움, 울분, 이 모든 것을

웃음으로 맞아

안으로 모셔 들이라.

그 누가 찾아오시든 감사하라.

모두가 그대를 인도하러

저 너머에서 오신 분들이리니.

숲

숲 속으로 난 오솔길을 따라 걷는다. 어느 순간 깊고 어두운 숲속, 가
만히 앉아 눈을 감는다. 오래된 숲이 가진 침묵의 아우라에 내 온 몸
이 가볍게 전율한다. 내 몸과 마음의 찌든 때가 육탈한 듯 상쾌한 기
운이 밀려든다.

숲은 병든 생명을 치유하는 능력이 있다. 숨 가쁘게 살아가는 인간들에
게 한숨을 돌리게 하는 여유를 준다. 숲이 고요하게 말하는 조화와 균
형과 생명의 속삭임은 우리 모두를 통하게 하는 평화의 언어이다.

오늘 이렇게 숲길을 산책하니, 마치 오래된 벗과 만나 말없이 그냥 나
란히 걷고 있는 듯하다.

얼른 보고 싶습니다

"여러분 오늘 어떻습니까?" "좋습니다." 그 목소리를 얼른 다시 듣고 싶습니다.

도곡동, 우리가 상상할 수 없는 생활이 있는 그곳에도 우리같이 사랑하고 아파하는 사람들이 살고 있었습니다. 우리와 똑 같은 당신의 형제자매로 살고 있었습니다.

장흥성당 벗님들 사랑합니다. 얼른 보고 싶습니다.

우리 엄니

내일은 저의 생일입니다.

저의 엄니가 생일을 기억하시어 오신답니다.

엄니 감사합니다. 이 못난 자식을 낳으시고 길러 주시어

사제로 봉헌해 주셨으니 감사합니다.

어머니 건강하세요.

오래 오래 주님 안에서 행복하세요.

저의 어머니 김덕님(데레사)입니다.

기도 중에 기억해 주세요.

눈물

… …눈물 납니다… … 저리도 세상은 아름다운데… …… …

내 마음 총총하고

신새벽, 이상하리만치 내 마음 총총하다. 사제관 내 방은 더 할 나위 없이 고요하다. 과식과 과음으로 탈났던 속도 편안하니 몸이 가볍다.

이곳은 나 혼자만의 공간이 아니다. 신자들과 친구들을 만나며 서로를 축복하는 활기찬 우리들의 보금자리이다.

새벽, 정신이 참말로 맑고 또렷하여 다시 잠들지 못한다. 날마다 이 좋은 기운 벗들에게도 넘쳐흘러 서로 사랑하면 좋겠다.

탐진강 산책

맑은 새벽의 창밖, 풀잎에서 미끄럼 타는 아침이슬. 순간 이슬방울의 싱그럽고 신비로운 움직임에 매혹 당한다. 새벽녘의 탐진강으로 나간다. 탐진강 물안개의 신비로움에 취해서 기분 좋은 산책을 한다.

그동안 난 떠나야 한다고 생각하면서도 자꾸만 주저했다. 풀잎에서 신나게 미끄럼 타고 뛰어내려 흙으로 돌아가는, 아침이슬의 경쾌한 사라짐을 다 따를 수는 없다는 걸 안다. 하지만 이제 더 이상 고집 부려서 될 일이 아니란 것도 안다.

한참 탐진강변을 걷다보니 물안개처럼 모락모락 어떤 회한이 내안에 가득 찬다. 이제 강변을 산책하듯 새로운 순례의 길을 즐겁게 떠날 때가 된 것이다.

모든 것은 그냥 지나가지 않는다

아르헨티나와의 축구 경기 이후 머리를 스치는 생각. 모든 것은 지나
간다.

지금까지 사람들과 부대끼며 웃고 울었던 시간들, 이 모두가 비 개인
후 반짝 하늘에 걸렸다 사라지는 무지개 같다. 한여름, 깜깜한 밤하늘
을 날카롭게 칼질하다가 순간 잠잠한 새파란 번개 같다.

하지만 모든 것은 지나간다, 라고 쓰고 나니 가슴이 헛헛해진다. 정말
모든 것은 그냥 지나가는 것일까. 내 안에 탄성으로 저장된 무지개는
무엇이며, 내 안에 시원의 두려움으로 각인된 새파란 번개는 무엇이
란 말인가.

모든 것은 지나가면서도 그냥 지나가지 않는다.

내가 참 좋다

나는 내가 참 좋다. 내 목소리와 얼굴과 내 마음의 결을 다듬고 가꾸어 가련다. 이 세상 떠나 하늘로 돌아가는 날, 하느님께서는 예수가 되지 못했냐고, 간디가 되지 못했냐고 말하지 않는다. 네 존재에 어울리는 너답게 살았느냐, 사람답게 살았느냐고 물을 것이다.

정갈하고 뜨거운 아름다움을 지닌 나만의 향기를 품어내는 일이 중요하다. 과장이나 과욕이 없는 순정한 존재의 향기를 갖고 싶은 것이다. 남들과는 다른 나의 개성, 나의 달란트를 이웃들과 함께 나누며 사는 것. 화려하진 않아도 곧은 마음이 있어 오랫동안 변치 않아 사랑하고 사랑받는 존재.

나는 도시 성당의 멋진 신부가 아니어도 좋다. 어느 산골 성당에 있으면서도 그저 나이고 싶다.

당신의 눈으로 당신 안에서

당신의 눈으로 이 세상을 보니 모든 것이 좋아 보여, 가까이 다가갈수록 신비하고 아름다워 보이더이다. 아름다움은 겉에 있지 않고 안에 꼭꼭 숨어 있더이다. 아하! 그래서 당신은 "너희는 겉을 보지만 나는 속을 본다." 그러셨군요. 겉만 보았던 나는 '힘들다, 어렵다, 나쁘다.' 했군요.

이제 모든 것을 합하여 선을 이루시는 당신의 눈으로 봅니다. 당신의 눈으로 당신 안에서 보기 시작하니, 천천히 사랑으로 내 속살을 쓰다듬으니 벅찬 기쁨의 세상이 열리기 시작합니다.

뜨겁고 정갈한 생명의 신비, 사랑의 기적들을 보게 하소서.

새해의 선물

아직도 새해의 설렘이 가시지 않습니다. 당신은 나를 위해 올해도 어김없이 선물을 주셨는데. 새 선물이 무얼까 아까워서 아직 개봉하지 못했습니다.

지난해 나에게 베풀어 주신 선물은 놀라웠습니다. 하루하루가 귀하고 좋은 시간들이었습니다. 가슴 속에는 맑고 푸른 가을하늘도 있었고, 멀쩡한 나무도 우지끈 쓰러뜨리는 거친 태풍도 있었지만 모두가 다 아름답게 여겨집니다. 모두 베풀어 주신 사랑 때문입니다.

게을러서 카페에 오래 들르지 못했지만, 그 동안에도 온기로 채워주신 우리 님들께 얼마나 감사한지 모르겠습니다. 새해엔 더욱 싱싱한 사랑으로 넘쳐나는 카페가 되길 기원합니다. 우리 님들께 사랑과 감사를 보냅니다.

2010년은 여러분 인생의 최고의 해입니다.

감사합니다, 인생수업

감사합니다. 진심을 다해 정말 감사드립니다. 인생수업 정말 찐하게 받고 있습니다. 요 며칠 동안 마음의 평화가 깨지는 일이 계속 있었습니다. 분노, 두려움, 우울, 속상함, 걱정. 마음의 동요가 어디에서 오는지 명확하지 않았습니다.

그런데 아하! 문득 깨달음이 오기 시작했습니다. 나는 괜한 자존심으로 친구의 말에 화가 났습니다. 나는 터무니없는 사제의 자존심으로 조직의 결정에 분노했습니다. 나의 자존심이 아직 허약함을 고백합니다. 당신의 말씀을 다시 새깁니다.

"하느님나라가 여기에 저기에 있지 않다. 오직 너희 마음 가운데 있다."

지혜를 주소서

요즘 성당의 많은 일들을 결정 내려야 하는 상황입니다. 솔직히 일들이 다가오면 망설여지고 고민됩니다. 시시비비의 판단은 미루더라도 어떠한 결정이 당신의 뜻에 가까운지 모르겠습니다. 분명 저의 생각과 사회적 판단기준으로는 한계가 있음을 고백합니다.

결국 기도 중에 알려주신 당신의 뜻에 따라 해결되리라 믿습니다. 솔직히 지금도 불쑥불쑥 제 판단이 밀고 올라오면서 어찌해야할지 모르겠습니다.

지혜를 주소서.

죽다 살아나서

단식하면서 묵상을 계속하고 있습니다. 마음과 몸을 어떻게 다루어야
할지, 단식의 화두입니다. 심신의 조화로운 상태에 대해 그 어느 때보
다 많은 관심을 갖게 되었습니다.

내 자신에게는 엄격하고 남을 용서하는 일이 아직 너무 힘듭니다. 그
런 내 자신에게 화가 나서 쩔쩔매며 하루를 보내니 심장이 터져 죽을
것 같았습니다.

가까스로 죽다 살아나서 '네 이웃을 네 몸같이 사랑하라' 는 당신이 주
신 계명을 껴안고 지금 앉아 있습니다.

가을햇살 아래 고개 숙이고

마당에 빗발치는 햇살이 은총처럼 강렬한 한낮입니다. 그렇지요, 여름은 이렇게 뜨거운 햇살의 세례를 받아야 마침내 여뭅니다. 그리고는 갈무리, 마침내 가을이 황금들판을 거느리고 계절의 주인공으로 등장합니다.

마치 어릴 적 여름 냇가 천둥벌거숭이처럼, 이리저리 첨벙첨벙 뛰어다니던 저도 이제 따가운 가을햇살 아래 고개 숙이길 원합니다. 가을에는 말없이 묵묵하게 고개 숙이고 키 큰 천관산 억새밭을 걷고 싶습니다.

나의 거친 말과 행동으로 상처 받은 영혼들을 생각하며, 가을 속으로 혼자서 걸어 들어가고 싶습니다. 용서하십시오.

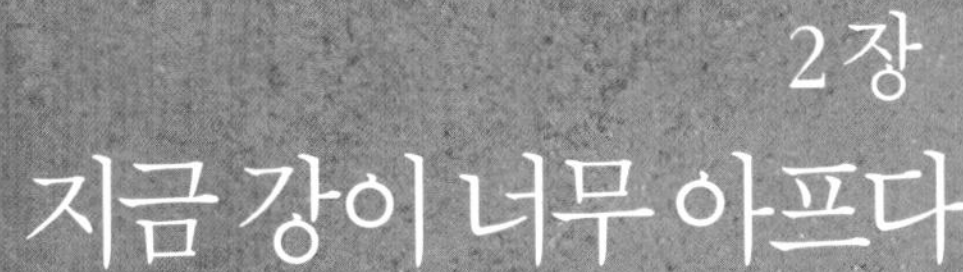

2장
지금 강이 너무 아프다

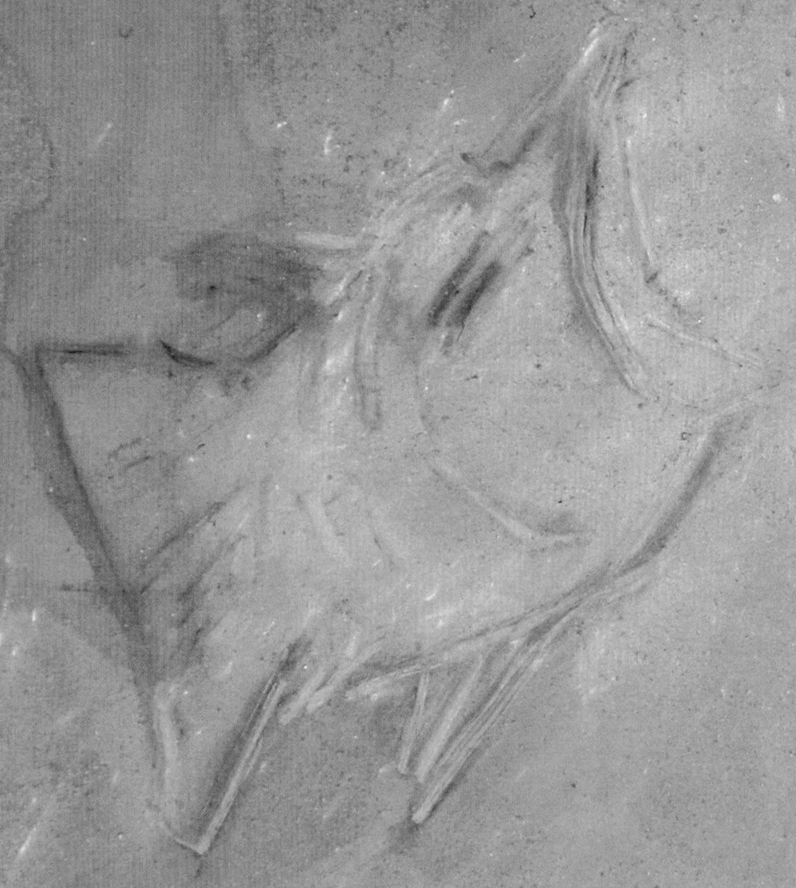

귀농하는 사람

늦가을 언젠가 사제관으로 오십대 중반쯤 되는 중년 사내가 찾아온 적이 있습니다. 외투는 낡았고 수염이 자란 얼굴은 까칠했습니다. 그 사내에게서는 깊은 숲속의 물기 어린 서늘한 기운 같은 것이 느껴졌는데 여행 중이라 했습니다.

어색함을 못견뎌하는 내 기질은 이런저런 말들을 꺼냈고, 그는 젖은 눈을 껌벅이며 차분히 듣고 있었습니다. 그도 가끔 한 마디씩 건넸는데 그 말이란 것이 아주 간결하고 소박했습니다. 더 정확히 말하면 소박하면서도 깊은 여운이 남았습니다. 삶의 진실이란 것이 있다면 아

마도 저러한 말로 표현되리란 생각이 들었습니다.

하지만 뭔가 그 사람에 대해 알고 싶었던 나는 수다스러울 정도로 말을 건넸고 마침내 그도 입을 열었습니다.

그는 한때 어느 회사의 중견 간부였는데 사십대 후반에 명퇴를 했으며, 개인 사업을 시작했는데 파산했고 그 와중에 가족과도 헤어졌다고 말했습니다. 지난 2년 동안 전국 방방곡곡을 돌아다니며 자신이 살 만한 거처를 찾아다녔다고 합니다. 마침 귀농운동본부에서 연 흙집 강좌를 듣다가 맺은 인연으로 장흥에 오게 되었으며 따뜻한 이 고장이 마음에 든다고 말했습니다.

그 동안 누구보다 큰 고통을 겪었을 그에게서 아직 상처가 아물지 못해 떨리는 속울음 소리를 들었습니다. 앞으로도 어려움이 많겠지만 장흥에서 서로 도우며 살아보자고 어깨를 껴안았습니다.

나누며 산다는 것

우리는 나누고 삽니다. 돈이 있으면 돈을 나누고, 가진 기술이 있으면 기술을 나누고, 음식 솜씨가 있으면 요리를 통해 나눕니다.

성당 살림살이를 보면 놀랍습니다. 누구는 기타소리로 미사를 풍요롭게 하고, 누구는 상냥한 미소로 여러 사람의 가슴을 따뜻하게 하고, 누구는 음식을 만들어 아이들을 먹입니다. 누구나 속 깊고 따뜻한 마음으로 나누어 줍니다.

그렇다면 신부인 나는 무얼 나누고 사는 걸까? 유쾌한 웃음소리, 아니면 부지런하고 성실한 미사 집전. 그런데 아무래도 난 나누어 주는 것보다는 받는 것이 더 많은 것 같습니다. 벗님네들의 물질적, 정신적 은혜와 호의가 없다면,

하루라도 살 수 있을지 의심스러울 지경입니다. 더구나 너무 많은 일
욕심으로 벗님들을 힘들게 하는지도 모르겠습니다.

지역사회에서 신부는 분에 넘치게 대접을 받습니다. 물질적 재생산에
는 아무 도움이 되지 않으면서 큰 대접 받고 삽니다. 하지만 한 사회
에서 문학이 직접 밥이 되지는 못하더라도 인간의 영혼과 상처를 관
장하듯, 사제인 저도 무언가 역할이 있지 싶습니다.

이제 더 낮아지고 깊어져서 여러 벗님네들과 다정한 친구가 되려고
노력할 것입니다.

부활전야, 장흥성당 돼지 잡는 날

오늘은 부활절 전야.

교회에서는 예수님의 십자가의 죽음과 부활이라는 정말 기념비적인 사건을 기리느라 분주합니다. 2000년 전 예수님의 십자가의 죽음과 부활은 그리스도교의 근간을 이루는 아주 특별한 사건입니다.

그리고 1962년부터 1965년까지 진행되었던 제2차 바티칸공의회는 예수님의 죽음과 부활 이후 교회사에서 가장 혁명적 사건이라 할 것입니다. 이전 그리스도교와 공의회가 이교와 이단을 단죄하며 자기정체성을 지켜온 것에 반해, 제2차 바티칸공의회는 '교회의 현대화'를 기치로 급변한 현대사회 안에서, 교회의 변화와 현대인과의 대화를 모색하며 자기성찰의 계기를 마련했습니다.

특히 제2차 바티칸공의회 헌장은 비서구사회 가톨릭문화의 급진적이고 민주적인 변화를 추동했습니다. 오랜 전통문화가 살아있는 비서구사회의 여러 집단, 지역, 민족들의 풍습을 존중하며, 이를 전례형식에 받아들일 수도 있다고 선언합니다. 이는 서구 언어와 문화의 일방적 관철의 한계 속에서, 토착화를 통한 자연스런 카톨릭 전파를 염두에 두었을지라도, 전통적 가톨릭의 권위에 반하는 일대 사건이 아닐 수 없었습니다. 이제 미사는 그 지역의 언어로 진행되었고, 평신도들의 참여가 교회제도 속에서 보장되기에 이르렀습니다.

이런 맥락에서 보면 제가 부임하기 훨씬 전부터 이어온 부활절 장흥 성당의 돼지바베큐 전통은 아주 특별합니다. 돼지를 잡아 함께 먹는 축제 행위는 우리 마을공동체의 오랜 전통인데, 이를 교회가 이어받은 것입니다. 특히 신부의 지시가 아니라 신자들의 자발적 연례행사이니, 이만큼 제2차 바티칸공의회의 문제의식을 충실히 따르는 경우도 드물 것입니다.

물론 새벽부터 돼지를 사와 잡고, 하루 내내 장작불로 굽는 과정이야 힘들게 분명합니다. 신부인 나야 돼지고기가 익을 때쯤 슬렁슬렁 나와서 얻어먹고, 여러 신자들 손목 붙들고 와서 먹이는 선심까지 쓰는 복을 누리고 있으니.

예수님도 와서 보시고, 장흥성당에서 이뤄지는 피와 살의 보시布施의 파스카 신비(돼지 잡는 날의 축제)를 참 좋다고 하실 것 같습니다.

삶은 수치와 치욕을 통과해 얻는 사랑

탤런트 최진실의 자살은 우리를 너무 슬프게 합니다. 살다보면 누구나 절망에 빠지고 좌절을 겪는 것 아닌가요. 인생은 그러한 좌절과 절망을 헤치고 나아가는 고단하고도 기쁜 순례라는데.

서글프고 답답해서 공자님말씀으로 안타까움을 표현했더니, "그녀가 자살하기까지 겪었을 절망과 슬픔을 알기나 하냐고, 결혼도 하지 않은 신부님이 수치스럽고 비굴한 생활을 알기나 하냐고." 말하는 사람들의 수런거림이 들립니다.

저라고 모를 리가 있나요. 저도 부모의 자식으로 태어나 자랐고, 학교를 다녔으며, 지금 이렇게 많은 사람들 틈바구니에 끼여서 살아가고 있는데. 물론 많은 사람들이 얘기하듯, 인생에서 가장 힘들다는 결혼생활은 해보지 못했습니다. 그래서 남녀가 한 집에서 살 부비고 살아가며 느끼는 복잡 미묘한 감정의 흐름을 민감하게 느끼지는 못하지요.

최진실의 자살은

보도에 의하면 결국 돈과 관련된 문제였지요. 하지만 그 밑바닥을 깊숙이 들여다보면 우리사회가 돈을 놓고 벌이는 왜곡된 인간관계에 그 원인이 있습니다. 우리사회는 짧은 기간 압축성장으로 물질적 풍요를 누리고 있지만, 이를 조화롭게 분배하고 처리할 사회적 능력은 형편

없는 수준입니다. 사회제도도 그러하지만, 우리 자신 한 사람 한 사람
의 갈등조정능력도 많이 부족한 것입니다.

그러니 누구나 급작스런 벽에 부딪치면 망연자실할 수밖에는 없는 거
지요. 70년 노동자 전태일이 "나에게 대학생 친구가 한 명만 있다면"
하면서 죽어갔듯이, 최진실도 속마음을 후련하게 털어놓을 수 있는
신뢰하는 친구 한 사람이 가까이 없었던 것은 아닐까요?

그래서 인생은 온갖 수치와 치욕을 통과해야 만이 얻을 수 있는 사랑
이라 믿습니다. 더구나 그 옆에 항상 신뢰하는 벗이 동행한다면 금상
첨화錦上添花겠지요.

지역사회에서 사제의 역할

농촌지역의 신부는 사람들에게 상당한 권위와 능력을 지닌 사람으로 통합니다. 한 마디로 또 다른 의미의 지역유지이지요. 내가 사람들을 좋아해선지 사제관으로, 신자들뿐만아니라 지역 사람들도 종종 찾아옵니다. 집안일로 상담을 의뢰하는 이도 있고, 지역문제를 논의하러 사제관을 찾는 이도 있습니다.

내가 모든 문제를 해결할 능력이 있는 것이 아니기에 어쩔 때는 조용히 듣기만 하고, 어쩔 때는 다른 견해를 제시하기도 합니다. 사실 적절한 해답은 문제를 가진 당사자가 가지고 있기 마련입니다. 농촌사람들은 우리사회의 급격한 도시화 과정에서 한없이 뒷전으로 밀리면서, 복잡한 정서적 콤플렉스가 내면화되었습니다.

우리사회의 도시화와 산업화는 삶의 질 차원보다는, 현대문명의 이기를 양적으로 더 많이 소유하는 차원에서 진행되었습니다. 당연히 농촌사람들도 그 기준으로 자신의 삶을 비교하여, 도시로 나아가지 못한 못난 자신을 탓하며 열등감을 지니게 된 것입니다. 따라서 자신의 삶을 긍정하는 자존감은 많이 낮은 편입니다.

모든 문제해결의 출발은 어쩌면 자존감을 높이는 데에 있을 것입니다. 우선 우리의 문제는 우리 자신들이 협력하여 풀어나갈 수 있다는 자신감을 만들어가야 합니다. 거기서 사제의 역할이란 스스로의 긍정성을 찾도록 인정해주는 수준일 것입니다.

아이들은 솔직하다

토요일 초등부 미사는 아이들의 생기발랄로 넘칩니다. 미사의 경건하고 정숙한 분위기는 온데 간데 없고 떠들썩합니다. 어쩌면 아이들은 수난과 고통의 예수님이 아니라 함께 공차고 깔깔거리는, 친구 같은 예수님을 원하는지 모르겠습니다. 아이들의 문화 속에서 복잡하고 거룩한 미사형식은 지루하고 낯선 것이겠지요.

일어섰다 앉았다 하는 다양한 의식과 성가를 부르는 시간에는, 상당한 내공(?)이 아니면 잠 잘 수 있는 짬이 없습니다. 하지만 가만히 앉아 듣는 다소 긴 강론시간에는 잠자는 아이들이 많습니다. 미사가 끝

나고 아이들이 말합니다.

"신부님 강론시간이 너무 길어서 잠잤어요." 내 앞에서 이런 불편한 얘기를 잘 꺼내지 않는 어른들과는 달리 아이들은 솔직하게 표현합니다. 이런 아이들의 솔직함이 난 참 좋습니다.

4~50대 부모세대와는 다른 경쾌한 감수성과 신체리듬을 가진 우리아이들의 솔직함이 좋은 것입니다. 가끔은 어른들이 보기에 못마땅하고 버릇없는 녀석들입니다. 하지만 이 새로운 세대는 잘못된 국가주의나 집단주의에 쉽게 호출당하지 않는 당당한 자기개성이 있습니다. 이 새로운 세대가 당당한 개성과 함께 이웃과 어울려 사는 능력을 기른다면, 분명 우리사회도 한 단계 진화할 것입니다.

솔직한 아이들이 우리의 희망입니다.

어린이는 놀이하는 인간

언제부턴가 시골에서 아이들 울음소리 들으면 너무나 반가운 세상이 되었습니다. 그래서 한 녀석 한 녀석이 귀하고도 귀한 새끼들입니다.

오늘은 우리 주일학교 아이들 물놀이날입니다. 상쾌한 편백숲과 야외 수영장이 있는 유치휴양림으로 갑니다. 아침부터 아이들은 짹짹짹 참새새끼들처럼 야단법석입니다. 아이들은 경쟁적으로 공부하느라 억눌린, '놀이하는 인간'의 본성을 기회만 있으면 터트립니다.

무엇보다 아이들이 좋아하는 물놀이라니! 첨벙첨벙 물 속으로 뛰어드는 아이들과 함께 놀다보니, 오늘 하루 나도 동심으로 돌아가 어린애가 되었습니다.

우리도 늙어 가는데

올해도 추석이 어김없이 찾아왔습니다. 고향 영산포에 홀로 계시는 어머님께 다녀와야겠습니다. 장흥에서 자동차로 1시간 남짓 거리지만 자주 찾아뵙지 못했습니다.

'엄니' 부르며 달려가면 아직 건강한 모습으로 자식을 맞아 주시는 어머님이 참 고맙습니다.

요즈음 우리들 사는 일이 복잡하고 힘들어, 도시든 농촌이든 부모님을 모시고 살기가 어려운 세상입니다. 그나마 마을회관이나 경로당이 연로하신 어른들의 사랑방 구실을 합니다. 늙은 몸끼리 서로 의지하며 살아가십니다.

명절 때 고향집을 찾아온 자식들 가운데는, 제 사는 도시로 모시겠다고 하는 이도 있습니다. 하지만 친구도 고향사람도 없는 도시에서 늙은 몸이 살기에는, 우리가 생각해도 끔찍합니다. 감옥살이가 따로 없지요.

이제 노동능력이 없는 노인들은 도시에서도 농촌에서도 찬밥신세가 되었습니다. 우리도 늙어가는 데 어찌해야 할지 모르겠습니다. 하지만 분명한 진실은 어르신들이 고향마을에서 편안한 여생을 보내시도록 우리 사회가 배려해야 한다는 것입니다.

푸른 가을하늘과 홍시의 추억

탐진강은 장흥읍을 동에서 서로 가로질러 강진만으로 흘러갑니다. 상류는 유치면 지역인데 지금은 장흥댐으로 수몰되어, 굽이쳐 흐르던 샛강가 마을들의 저녁풍경을 볼 수 없습니다.

언젠가 영암성당에 있을 때, 장흥을 거쳐 광주에 갈 일이 있었습니다. 지금은 목포에서 영암을 거쳐 강진과 장흥을 통과하는 4차선 국도가 반듯하게 나 있지만, 그 때는 산길 따라 물길 따라 다니는 2차선 도로밖에 없었습니다. 지금 생각해도 구불구불 산길을 넘고, 휘이청 휘청 굽이친 물길을 따라갔던 그 길은 너무도 아름다웠습니다. 그 길은 지금 물속에 잠겨 다닐 수 없습니다. 길은 한눈팔고 급하게 달리다가는 산모퉁이에 부딪히거나 강물로 풍덩 빠질 수밖에 없을 정도로 꾸불꾸불했습니다.

그러니 천천히 달릴 수밖에 없었고 가끔은 멈추어서 주변 풍경을 바라보았습니다. 마침 늦가을이었습니다. 강변에 있는 마을이었는데 집집마다 빨갛게 익은 홍시들이 푸른 하늘과 어울려, 마치 고흐 그림의 강렬한 색채를 보듯 뭔가 슬프고도 황홀했습니다.

방정맞게도 홍시가 먹고 싶어 마을 속으로 들어갔습니다. 골목길을 가다 쪼글쪼글 주름진 할머니 한 분을 만났습니다. 홍시가 먹고 싶다고 말씀 드렸더니, 돌담에 걸쳐 있는 감나무를 손짓했습니다. 홍시를 하나 따서 할머니가 보는 데서 맛있게 먹었습니다.

지금 생각하니 차가 빠르게 달릴 수 없는 그 구불구불한 길이 있어, 내 평생에 참으로 아름다운 풍경을 담을 수 있었던 것입니다. 가난하지만 인정이 살아있던 마을들은 다 어디로 간 것일까.

지금 우리의 육체는 불온하며 불안하다

인간의 육체는 다양한 욕구로 움직인다. 본능과도 같은 식욕과 성욕의 충족을 위해 인간은 다양한 문명과 문화를 개발해 왔다. 또한 인간은 상대에게 인정받으려는 욕구와 권력욕, 건강하게 오래 살려는 욕구를 가지고 있다. 이 모든 인간의 욕구는 인류의 탄생에서 오늘날까지, 그리고 한 인간의 탄생에서 죽을 때까지, 여러 사회적, 개인적 사건으로 굴절되면서도 시대마다 장소마다 다른 형식으로 존재해 왔다. 어느 누가 이 욕구들에서 자유로울 수 있을 것인가?

하지만 문제는 한 개인 속에서, 한 사회 속에서 이러한 욕구들이 조화로운 질서를 갖지 못했을 때 발생한다. 그리하면 이 욕구들은 수치와 분노, 불안과 좌절, 미움과 공포를 낳는다. 그럴 때 개인과 사회 속에 평화와 살림은 없고 전쟁과 죽임의 문화가 창궐한다. 우리는 지금 그러한 시대를 살고 있다.

지금 폭력의 광기로 물든 우리의 육체는 불온하며 불안하다. 어떤 개인은 각고의 수련으로 마음의 평화를 얻기도 한다. 하지만 어쩌랴, 불행하게도 인간은 강물과 나무, 일상에서 만나는 사람들과의 관계 속에서 겨우 연명하는 존재인 것을. 우리는 영영 자유와 평화의 욕구로 넘쳐흐르는 육체로 살 수 없는 것일까?

지금 강이 너무 아프다

4대강개발은 나에게 많은 성찰의 기회를 주었다.

첫째로는 보이지 않는 세계, 우주의 존재를 느끼게 해주었다. 바로 눈 앞의 현실에 쩔쩔매는 지나친 자의식과 조화롭지 못한 욕구를 알게 해 주었다.

둘째로는 지구 어머니의 아픔을 느끼게 해주었다. 살림의 모성이 신음하고 있다. 강, 지구와 인류 탄생의 자궁이 단말마의 비명을 지르고 있다. 지금 강은 너무 아프다.

셋째로는 생명과 영혼의 아름다움에 눈뜨게 해주었다. 자연이 아름다웠을 때 나는 그 아름다움을 즐기지 못했다. 눈에 보이는 것들로 눈이 가려졌다고나 할까. 더욱 완벽한 아름다움에 대한 관념과 환상을 갖고 있었기에, 자연의 반복적 지루함만 보았을 뿐 만족이 없었다.

지금 강이 너무 아프다.

포클레인으로 무장한 계엄군

광주민주화운동 30주년입니다. 1980년 빛고을 5월은 무자비한 학살로 붉은 피가 뿌려진 봄날이었습니다. 2010년 한강, 금강, 낙동강, 영산강의 5월은 지금 수만 년의 세월이 만들어온 역사와 문화, 우리들 생명의 젖줄에 죽임의 콘크리트를 쏟아 붙는 봄날입니다. 80년 5월이 인간역사의 사건이라면, 2010년 5월은 인간탄생의 근원을 죽이는 끔찍한 재앙입니다.

포클레인으로 무장한 계엄군의 무한질주를 막아야 합니다. "광주시민 여러분, 지금 계엄군이 쳐들어오고 있습니다. 우리를 도와주십시오." 그때의 그 긴박한 상황보다 더 다급합니다. 그냥 바라볼 수는 없습니다. 신앙과 양심을 걸고 강을 살려야 합니다.

낙동강

장흥의 가난한 이웃을 돕는 자원봉사자들 30여 분과 낙동강 함안보 공사현장을 보고 왔습니다. 저는 낙동강이 그렇게 아름답고 우아한 강인 줄 몰랐습니다. 한 폭의 아름다운 그림이었습니다. 수만 년 역사와 전통과 문화, 그리고 인간의 삶의 흔적과 애환들이 있는 그곳에 잔인한 폭력이 가해지는 것을 보고 너무 가슴이 아팠습니다.

낙동강이 강도떼들을 만나 난자당하는 폭력의 현장을 목격했습니다. 죽어가면서 살려 달라 소리치며 울부짖는 소리를 분명 들었습니다. 강도를 만나 소리치는 그를 외면하고 돌아선 레위인이 되어 버린 것 같아 너무 마음이 아픕니다. 낙동강에 10개의 보가 설치된다고 합니다. 온 산천이 초상집입니다. 말 없는 강이 살려 달라고 울부짖습니다.

아이들은 하느님의 선물

오늘 10시 미사는 어린이집 아이들 70여 명과 함께했습니다. 아이들의 얼굴이 맑은 햇살처럼 밝게 빛났습니다. 성당이 환했습니다. "주님의 영광이 온 땅에 가득 하여라."(시편 143)처럼 하느님의 영광을 아이들을 통해서 보았습니다. 아이들이 부르는 하느님을 찬양하는 노래는 천사들의 합창임이 틀림없습니다.

그 고운 목소리가 성당을 가득 메우는 순간, 어른들의 얼굴에서도 기쁨과 축복이 함께하였습니다. 어른들이 아이들을 보고 좋아하고 행복해 하는 모습을 보면서, 가슴이 순간 벅차올랐습니다. 아이들은 밝구나. 우리를 기쁘게 하는구나. 감사와 감동과 감격으로 이끄는 하느님의 선물임에 틀림없습니다.

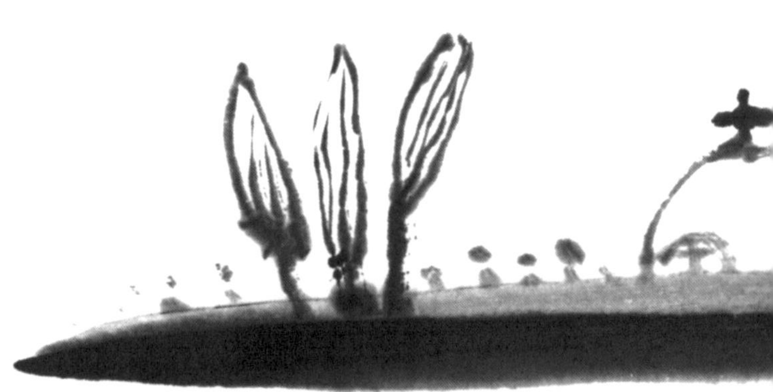

아이들은 여린 생명들과 어울려 논다

아침에 앙상하게 말라죽어가던 백일홍 가지에서 새잎을 보았습니다. 죽음에서 생명을 보듯 "부활이다"라는 탄성이 저절로 입술에서 흘러나왔습니다. 생명의 신비, 그것은 감동이요, 감격입니다. 새벽미사 후에 신기한 마음으로 거룩한 그 새잎을 살포시 만져봅니다.

어제 성모 어린이집 아이들이 생각납니다. 어떤 아이가 "야 벌레다." 하고 무엇인가를 찾아냅니다. 동시에 네다섯의 아이들이 몰려갑니다. 그중 어떤 아이가 말합니다. "야, 다치게 하면 안 돼." 이 모습에서 생명의 신비로움에 본능적으로 반응하며, 여린 생명들과 자연스럽게 어울리는 아이들의 천진한 마음을 보았습니다.

생명의 젖줄인 4대강을 생각하니 가슴이 아픕니다.

인간의 집 생명의 집

새로 집 짓는 팔순의 요셉 마리아 노부부님의 집터 축복예식을 오전에 했다. 평화마을 안에 있는 집터였다. 누가 보아도 명당자리다.

그 집을 주님이 지어주신다는 믿음으로 기도했다. 주님께서 집을 지어 주시지 않으면, 집짓는 자들의 노고가 헛되다는 믿음이다. 영원한 천상집의 기초가 되신 분이 예수님이시다. 예수가 그리스도라는 믿음은 흔들리지 않는 영원한 생명의 집을 짓는 기초이다.

오후에는 장평에 새집을 지어 입주하신 분의 점심에 초대받았다. 수녀님, 선교사님, 신자 몇 분이 함께 갔다. 인간은 누구나 자신의 집을 갖고 싶고, 짓고 싶고, 꾸미고 싶어 한다. 까치가 키 큰 미루나무 가지에 둥지를 틀듯, 조금 복잡하기는 하지만 인간의 집짓기도 자연스런 일이다. 그 집 안에 생명의 기운이 내내 넘쳐나길.

오늘은 어린이날 우리들 세상

방금 성모어린이집 수녀님과 선생님들이 오색 주먹밥을 만드는 곳에서, 저도 함께 주먹밥을 만들었답니다. 내일이 어린이날이어서 하루 전인 오늘 어린이집에서 아이들 잔치가 있답니다.

"날아라, 새들아, 푸른 하늘을. 달려라, 냇물아, 푸른 들판을. 오월은 푸르구나, 우리들은 자란다. 오늘은 어린이날 우리들 세상."

사실 365일이 어린이날이지요. 그래도 내일은 더욱 많이많이 축하하고, 축하한다. 맑고 건강하게 자라는 너희들이 있어서 너무 좋다. 우리 어른들이 너희들의 희망이 되고, 모범으로, 모델로 살아야 하는데 너희들을 생각하면 늘 부끄럽다. 맑고, 밝고, 아름답게 산다는 것이 무엇인지 행동으로 많이 보여주지 못해서 미안하다.

4대강을 살리는 사랑과 관심

언제부터인가 우리는 먹고사는 일에 지쳐 온갖 폭력에 눈감고 있습니다. 지금 우리시대 최고의 폭력은 수천 년 이어온 생명의 젖줄을 파괴하는 4대강 사업입니다.

어머니 강이 폭력에 짓밟히고 있습니다. 지금 우리 사회 최고의 현안 중에 으뜸은 4대강사업을 멈추게 하는 것입니다. 우리가 추구하는 생명과 평화는 자연과 모든 피조물과의 관계에서 시작됩니다. 우리가 진정으로 생명 평화를 바란다면, 하느님의 사랑 안에서 인간의 아픔과 피조물의 상처를 싸매주어야 합니다.

우리 인간은 자신의 이익을 위해서 다른 생명을 지배하고 억압합니다. 파괴되어가고 있는 하느님의 생명은 화해와 용서를 통하여 회복됩니다. 모든 생명은 살아야 합니다. 풍성히 살아나야 합니다. 사랑과 관심만이 생명을 살릴 수 있습니다.

영산강 살리기 경과 미사

금강

4대강 살리기 생명평화미사가 충청도 공주에 있는 금강 곰나루에서 있었습니다. 금강을 보는 순간, 수천 년의 아름다운 생명의 기운이 온 몸에 전해 왔습니다. 그곳에 생명 평화가 있었습니다.

이 평화로운 곳에 생명파괴의 죽음과 전쟁을 선포한 이들이 누구인가? 그곳 곰나루는 아무것도 모르는 어린 아이처럼 천진하게 웃고 있는데, 저 해맑은 미소에 가하는 포클레인의 살벌한 폭력은 너무나 잔인합니다. 그 현장을 보는 제 심장이 멎는 것 같았습니다. 생명파괴의 무자비한 현장을 그냥 볼 수 없습니다.

성장과 개발중독자들의 논리에서 자유롭지 못한 나도 여린 생명들의

가해자임을 고백합니다. 다시 생명을 선택해야 합니다.

시골 사제생활의 맛

서울 도곡동 성당이 있습니다.

서울 도곡동 이냐시오 신부님의 일주일 시골성당 체험이 참 좋았을 거라 믿습니다. 도시 사제로서 일회적 체험이지만, 시골 사제의 생활이 참 맛있다는 생각을 하셨을 겁니다.

도곡동 성당과의 자매결연이 여러 가지로 맛이 있습니다. 하느님이 특별히 배려해 주신 선물 같습니다. 이냐시오 신부님은 프라도 사제로 살고 계시다니 더욱 반갑습니다. 무엇인가 매력적인 향기를 느꼈는데 다름 아닌 프라도 사제의 향기였더군요. 프라도회 슈브리에 신부님의 삶은 제 삶의 거울입니다. 지금도 저는 그 영향권에 있습니다.

이냐시오 신부님 늘 행복하시고, 주님의 사랑받는 사제이시길 기도합니다.

오 피스(peace) 코리아

오늘은 6·25전쟁 60주년, 저희 장흥본당에서 주관하는 평화음악회가 열립니다. 이명박 정부의 시대착오적인 '삽질'로 온 강산이 파헤쳐져 삼천리금수강산이 신음하고 있습니다. 그것도 모자라 국가안보와 군사주권을 포기하는 데까지 이르렀습니다. 2012년 4월 17일로 예정되었던 전시 작전권 환수가 연기 또는 무산될 것이 확실해 보입니다. 주권국가로서 참으로 부끄럽고 수치스럽습니다.

그 모든 전쟁과 죽임과 파괴를 넘어선 평화로운 '대한민국'을 힘차게 외치면 좋겠습니다. '오 피스 – 코리아.'

공소 주일미사 풍경

방금 공소 주일미사에 다녀왔습니다. 공소 가는 길에는 늘 설렘이 있습니다. 기다림과 다시 만나는 그리운 얼굴들이 있어서 좋습니다. 서로를 그리워하는 마음이 얼굴에서 말에서 배어나옵니다. 마주잡은 손길이 따뜻합니다. 암수술 후에도 꿋꿋하게 잘 사시는 전임 공소회장의 얼굴이 많이 거칠어지셨습니다. 반가움에 두 손을 꼭 잡고 놓을 줄을 모릅니다. 온몸으로 안아들입니다. 농번기라 지난주 주일미사를 봉헌하지 못했다며, 본당신부인 나에게 미안하다고 말하는 할머니의 순수함을 봅니다. 아파서 병원에 두 달 있다 왔다며 위로받기를 원하시는 분에게도 주님의 보살핌 전합니다.

주일 미사는 풍성한 은총입니다.

사는 것은 함께 잘 노는 것이다

오늘 5시에 도곡동 보좌신부님이 오십니다. 당신 안에서 기쁨을 사는 우리 공동체의 모습을 보게 될 것입니다. 특히 오늘은 월드컵 축구경기가 있는 날이니 2층 교육관에서 함께 즐기면 어떨까요? 여러분 모두를 초대합니다.

축구는 언어와 이념과 지역과 인종의 벽을 넘어서 전 세계가 즐기는 놀이죠. 여러 가지 스포츠가 있지만 문화와 역사의 차이 때문에 공통으로 즐기기에는 한계가 있나 봅니다. 축구를 인류가 쓰는 공통언어 같은 것이라고 본다면, 그것은 세계가 함께하는 축복의 놀이입니다. 우리 함께 세계인들과 잘 놀아 봅시다.

인간은 놀이하는 동물. '사는 것은 노는 것이다. 놀되 잘 노는 것이고 함께 노는 것이다.'

함께 마음 모아

도곡동 교우들과의 만남, 참 좋았습니다. 이 만남을 위해 마음 쓰고, 시간 쓰면서 함께해주신 분들에게 정말 감사드립니다. 하나의 일로 함께 마음을 모으는 과정, 그리고 이를 통해 사랑과 행복을 느끼는 건 얼마나 큰 은총인지요. 이렇게 함께한 모든 이들은 분명 기적을 창조하는 사람들입니다. 이렇게 세상을 밝고 아름답게 창조하는 사람들은 수없이 많습니다.

하지만 세상을 어둡고 힘들게, 마침내 엉망진창으로 만드는 이들도 종종 있습니다. 아름다운 강산을 마구 파헤쳐 세상을 망가뜨리는 사람을 보며 요즘 저는 슬픕니다. 평상심을 잃지 않으려고 기도합니다.

평화를 주소서.

흘러야 한다

물은 낮고 구석진 곳 어디든 아래로 흐른다. 그러다 때가 되면 대기 속으로 소리 없이 증발한다. 이러한 어김없는 물의 순환이 인간들의 온갖 패악함으로 망가진 지구를 가까스로 살리고 있다. 지구를 살리는 물의 순환과 같이 국가권력이나 교회도 자연스럽게 순환해야 한다.

흘러야 한다. 흐름이 막힌 곳에서 많은 사람들이 질식해 간다. 죽어간다. 흐름이 원활하지 않은 것이다. 윗물은 위에서만 모이고 아래로 흐르지 않고 있다. 사회가 조금씩 마비되고 있는 것이다. 머리가 팔 다리를 잊어가고 있는 것이다.

조금씩 가난해져야 한다. 가난해야 아래로 흘러들어갈 수 있다. 모든 것이 흘러야 한다. 물과 같이 위에서 아래로, 아래에서 위로.

우리는 순례자

3년을 장흥성당과 함께한 수녀님이 오늘을 마지막으로 내일 새벽에 떠납니다. 참 좋으신 분이었구나, 가는 마당에야 비로소 그분의 가치를 알아차립니다. 더 많이 사랑하고, 섬기고, 존중하며 살 걸…… 감사합니다. 당신이 있어서 우리 성당 공동체는 행복했습니다. 주님의 딸로 늘 행복하시길 빕니다.

가슴을 에이는 이 느낌은 뭘까? 수녀님이 가시듯 나도 가고, 너도 가고. 우리는 모두 때가 되면, 지금까지의 인연 훌훌 털어버리고 떠나야 하는 순례자들임을 다시 한 번 확인합니다.

하지만 이런 일 저런 일로, 이 사람 저 사람 만나서 인연되었으니 우리의 순례길은 심심하지 않을 것입니다. 이제 곧 몇 조각의 강렬한 인상으로 남을 우리들의 인연이, 가끔은 지친 순례길에 잔잔하고 따뜻한 웃음으로 떠올라 힘이 되길 빕니다.

사랑

오늘은 그 동안 함께 생활했던 수녀님을
보내고, 새 수녀님을 맞이하는 날이다. 떠
난다. 죽기 전에 다시 볼 수 없을지도 모를
이별을 하니, 마음 깊은 곳에서 애잔한 떨림이 밀려
온다.

모두가 떠나고, 변하고, 움직이는데 무엇인가 변하지 않는 것 하나가
있다. 새벽미사후임에도 많은 이들이 배웅한다. 그들을 움직이는 것
이 있다. 아하! 그것은 당신이 우리에게 주신 사랑이었다. 수녀님이
우리에게 나누어준 사랑이었다.

"이 세상 모든 것이 다 변해도 변치 않는 것은 주님 말씀으로 부터 나
온 사랑입니다." 사랑이 전부다.

서울광장 가는 길

어제 시국미사가 서울광장에서 있었다. 가야 하는데 함께 갈 사람이 없다. 혼자 가야 하는구나, 생각하니 오늘은 몸이라도 편안하게 쉬고 싶다는 마음이 스친다. 그와 동시에 가지 않으면 이곳에서 마음이 편치 않을 것이란 생각도 따라온다.

혼자라도 가기로 결정한다. 옷을 챙겨 입고 나가려는 순간, 장평의 진바오로, 바올라 부부가 함께 가겠다는 연락을 해온다. 기쁘고 감사하다. 광주를 향해 달린다. 광주에는 함께할 사제들이 기다리고 있다. 30여 분의 사제들이 함께한다는 기쁜 소식에 힘이 솟는다.

따뜻한 마음을 모으고 모아서 서울광장에 도착했다. 얼음장 같은 광장을 전국의 따뜻한 마음들이 모두 녹였다.

3장
세상사람 누구나 아프다

가난한 사람들에게 희망을 

사람은 서로 어울려서 살아갑니다. 한시라도 남의 도움 없이는 살아
갈 수 없습니다.

내가 오늘 마주한 밥상을 봅니다. 나무식탁과 의자, 조그만 화병과 화
병 속 들꽃 몇 송이, 수저와 그릇, 그릇 속에 담긴 밥과 된장국과 온갖
반찬들. 어느 하나 남들의 손길이 가지 않은 것이 없습니다. 볼 수도
알 수도 없는 수많은 사람들의 수고와 마음이 있었기에, 난 지금 밥을
먹을 수 있습니다.

언제부턴가 우리는 이러한 수고와 마음을 염두에 두지 않아도, 전혀
불편하지 않은 생활방식으로 살아갑니다. 이 모든 것은 돈만 있으면
언제든지 시장에서 살 수 있는 상품이기 때문입니다. 심지어 사람의
마음과 웃음까지도 돈으로 살 수 있는 세상입니다.

하지만 우리는 서로 나누며 살아갈 수밖에 없는 나약한 존재들입니다. 아무리 튼튼한 성벽을 쌓아도 시대의 상처에서 그 누구도 자유로울 수 없습니다. 우리의 밥상을 책임지는 가난한 사람들이 희망의 끈을 놓지 않고 살아가도록 배려해야 합니다. 그들의 절망은 거침없는 밀물처럼 우리를 잠식할 수 있습니다. 그들의 희망이 곧 우리들의 희망입니다.

가을 속으로

"가을에는 기도하게 하소서"란 시구가 있습니다. 한 여름엔 찐득찐득하던 바람이 어느 날 문득 맑고 서늘한 기운으로 우리 뺨을 스치면 가을이 온 걸 압니다. 그 쾌적하고 충만한 기운은 우리에게 사색할 공간을 만들어 줍니다. 그래서 가을을 독서의 계절이라 부르기도 합니다. 뭐 그렇다고 특별히 가을에만 기도하고 책을 읽으라는 법은 없지요. 가을이란 계절의 분위기가 기도하고 독서하기 좋다는 말이지요.

가을에는 봄에서 여름을 거쳐 성장해온 만물이 열매를 맺고 고개를 숙이고, 성숙한 빛깔로 자신을 색칠합니다. 한 여름의 짙푸른 녹음이 이내 싫증날 때쯤, 가을은 홀연 각양각색의 단풍을 온 산하에 펼쳐놓으며 우리를 황홀경에 빠뜨립니다.

하여 늦가을 거리를 뒹구는 낙엽 같이 우리도 정처 없이 걸으며 인생을 생각하는 것입니다. 황금빛으로 출렁이는 들녘을 따라 가을 속으로 걸어 들어가는 것입니다.

가을빛에 매혹당한 모든 이들은 찬미 받으소서!

가을 천관산의 고독

가을입니다. '가을' 하고 호명하니 분명 가을입니다. 지난여름에는 '정남진장흥물축제' 니 뭐니 해서 많은 사람들을 만나 술 먹고 왁자지껄 떠들며 놀았습니다. 많은 사람들을 만나서 즐거웠지만, 왠지 이 가을에는 조금 고요해지고 싶습니다. 혼자 있는 시간을 많이 가지고 싶습니다. 고독해지려고 합니다.

이 지역 출신의 작가 이승우는 쓰고 있습니다.

> 고독은 무형의 정신이다. 그저 조용한 것이 아니라 부러 조용해지는 것이고,
>
> 다만 혼자인 것이 아니고 스스로 고립되는 것이다.
>
> 침잠沈潛. 주변에 귀 막고 현상에 눈 감고 오직 깊이 가라앉는 것이 고독해지는 길이다.
>
> 더 깊이 내려가는 자는 더 깊은 자기와 만난다.
>
> 그럴 때 고독의 일부가 된 우리의 내부에서 그윽한 빛이 피어오른다.
>
> 통찰력과 창조의 에너지는 그렇게 생성된다.
>
> — 이승우 『소설을 살다』 중에서

평소 사람들과 어울리길 좋아하는 신부님이 과연 침잠할 수 있을까? 의심의 눈초리가 여기저기 보입니다. 잘 안 된다는 것을 저도 잘 알지요. 하지만 한번 시도해볼 것이니 벗들, 소리 없이 응원해 주시길. 그리하여 늦가을 어느 날 우리 서로 깊어지면, 깊은 마음의 그윽한 눈빛으로 천관산엘 오릅시다. 가을 천관산 억새밭 속으로 들어가 한 동안 잠들어 버립시다.

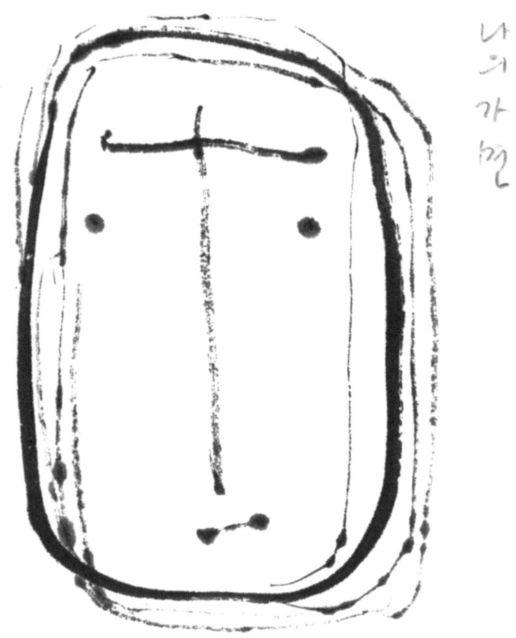

나의 가면

사람은 누구나 있는 그대로의 자신을 받아들이기가 쉽지 않습니다.
자신도 모르게 누구나 몇 개씩의 가면을 쓰고 있어, 어쩔 때는 스스로
에게 깜짝깜짝 놀랄 때도 있습니다. 어, 내가 이런 말을 했다니, 이런,
평소 내 행동이 아닌데.

그렇다고 모든 가면이 크게 나쁘달 것도 없습니다. 물론 자신을 숨기고 남을 이용하려는 가면이라면 상대방도 금방 알아차립니다. 알면서도 모른 척 속아 넘어가는 거지요. 하지만 그 상황을 쉽게 판단할 일도 아닙니다. 분명 그 가면 이면에는 선한 의지도 담겨있을 것이기 때문입니다.

나는 평소 크게 웃고 분명하게 발언하는 편입니다. 하지만 가만히 내 속을 들려다 보면 온갖 감정과 생각이 요동치는 것을 느낍니다. 그렇다고 내 큰 웃음소리가 과장된 제스처일 뿐일까요. 아닐 것입니다. 아닐 것이라 믿습니다. 내 속의 온갖 것들 가운데 그래도 쓸 만한 구석이 조금은 과장되게 웃음소리로 표현되는 게 아닐까요. 누구나 이렇게 쓸 만한 구석들을 가지고 있습니다. 누구나 솔직하고 담백한 멋을 가지고 있는 것입니다.

내가 갖지 못한 슬픔

사람들은 어쩌면 하나같이 목소리와 얼굴이 다른지 모르겠습니다. 눈빛이 다르고 걸음걸이가 다르고, 심지어 찡그린 표정도 다 다릅니다. 그래서 하나의 사건이나 주제에 관한 생각도 모두 다 다를 수 있는 것입니다.

얼마나 신기한 일입니까, 얼마나 신나는 일입니까. 내가 갖지 못한 웃음과 내가 갖지 못한 얼굴, 내가 갖지 못한 슬픔, 내가 미처 생각하지 못한 좋은 아이디어까지.

이 모든 웃음과 얼굴과 슬픔과 아이디어는 찬미 받으소서.

하지만 우리는 부족한 인간이기에 가끔 누군가를 시기 질투하고 미워합니다. 자신도 어쩌지 못하고 쩔쩔매는 시간입니다. 그러면서도 어느 순간 누군가의 말 한마디, 살가운 미소 한 자락에 마음을 바꾸어 그를 인정하고 다시 사랑하게 됩니다.

사실 우리 모두는 이렇게 서로 사랑하는 시간이 더 많습니다. 그래서 우리는 지금 여기 이렇게 펄펄 살아있는 거지요. 우리 모두는 자신만의 개성과 생각으로도 충분히 인정 받아야할 소중한 존재들인 것입니다.

웃음소리

티 없이 맑은 봄빛 마당으로 쏟아지는 햇살들은 천진무구天眞無垢 아이들의 웃음소리를 닮았다.

한여름, 마을사람들과 함께 살아온 동구 밖 늙은 느티나무 그늘에 앉으니, 지혜로운 노인의 넉넉한 웃음소리가 들린다.

장흥 억불산億佛山 너머 푸른 하늘을 나는 가을새를 보니, 어이, 웃으며 반길 그리운 벗들에게 그냥 날아가고 싶다.

마침내 세상천지 하얀 눈 내려 너나없이 함박웃음꽃 핀 겨울날, 끼룩끼룩 무리지어 떠나는 새떼들의 웃음소리를 닮고 싶다.

웃어요

웃는 얼굴에 침 못 뱉는다는 옛말이 있습니다. 아무리 잘 생기고 예쁜 얼굴도 찡그리고 화내면 못생기고 험악해집니다. 우리가 살다보면 날마다 좋은 일만 있지 않아서, 어떤 날은 속상하고 화날 일이 생깁니다. 속상하면 가까운 벗과 술 한 잔 하며 어떤 사람을 저주에 가깝게 욕도 합니다.

하지만 아무래도 남을 욕하면 내 마음도 편치 않아 슬프고 아픕니다. 이 불편한 마음을 두고는 만사가 헝클어지기에, 빨리 화해하고 웃고 싶은 것이 또한 인간의 마음입니다. 그런데 사실 나와 부딪친 사람도 나와 비슷하게 불편한 감정을 가지고 있을게 틀림없습니다. 다가가려 해도 상대가 아직 마음을 열지 않으면 뭐라 화해의 몸짓을 표현하기가 영 어렵습니다.

그럴 때는 어찌해야 할지 막막해집니다. 사실 시간이 좀 필요할 때가 많지요. 그럴 때는 열 마디 말보다 한 자락의 밝은 웃음이 약입니다. 이런저런 말로 시시비비를 따질 필요가 없습니다. 서로 웃은 후에 해도 늦지 않습니다.

지금 여기 이 순간

마음의 변덕스러움은 어디에서 비롯되는 것일까? 그건 아무래도 생각이다. 즐거운 생각을 하면 내 몸과 마음도 즐거워지고, 고약한 생각을 하면 내 몸과 마음도 너덜너덜 불안해진다. 수치와 좌절을 경험했던 과거의 사건과 사람들과의 기억, 그리고 현실의 조건에서 나오기는 했으나 대개는 터무니없이 과장된 미래에 대한 불안이 내 몸과 마음을 움직인다.

기억은 견고하여 나를 붙잡고 놓아주지 않는다. 불안은 종잡을 수 없이 나를 허방으로 자꾸만 빠뜨린다. 다 지나가는 것인데 어쩌지 못한다. 이는 냉혹한 인간의 조건일지 모른다.

하지만 어디 그러기만 한가. 또한 인간은 기쁘고 즐겁게 살려고 노력한다. 지금 만나고 있는 사람과 좋은 감정을 나누고, 지금 하고 있는 일에서 보람을 느끼며 살려 한다. 문제는 너무나 잘 알고 있지만 잘 안 되는 '지금 여기 이 순간' 충만하게 머물기.

조상들의 신앙생활

여기 피정 중에 조상들의 신앙생활을 묵상하였습니다. 조상들은 신앙생활을 믿음살이로 이해하십니다. '믿음' 은 신앙의 의식화 작업이요. '살이' 는 신앙의 생활화 작업입니다.

조상들은 생명을 주신 천주를 아버지로 고백합니다. 아버지는 전통적인 효의 사상 안에서 이해됩니다. 생명을 주신 아버지에게 예를 갖추지 않는 것은 개나 돼지 보다 못한 짐승과 같다고 보았습니다.

조상들은 효의 내용에서 부모를 편안하게 모시는 것보다 부모의 뜻(유업)을 잇는 일을 더 중요하게 여겼던 것 같습니다. 형제자매들이 서로 사랑하는 것을 부모의 최고의 가르침으로 여기고 실천하며 살았습니다.

인간은 누구나 에고중독증 환자

인간들은 누구나 할 것 없이 에고중독증 환자다. 정도의 차이가 있을 뿐이지 자기라는 감옥에서 '에고 에고, 아이고 아이고' 허우적거리며 산다.

나다, 내다, 나를 따르라, 내가 최고라고 외친다. 나에게 잘하는 사람은 좋은 존재이고, 나를 건드리는 사람은 나쁜 놈이다. 나에게 유익하면 가치가 있고, 나에게 무익하면 가치가 없다. 내가 절대 기준이고, 내가 법이고, 내가 원칙이다.

위에서 열거한 항목들은 극단적인 에고중독증 환자의 증상이다. 에고중독증 환자가 요즘 나의 묵상 주제다. 묵상할수록 나를 너무도 잘 들여다볼 수 있는 개념이다. 인정하면 치유가 시작된다.

아, 모를 일입니다

"모란이 피기까지는 나는 아직 나의 봄을 기다리고 있을 테요." 내 마음 속에는 세상의 봄과 다른 나만의 봄이 따로 있나봅니다. 분명 따뜻한 봄이 왔건만 아직도 으스스 추운 내 마음은 봄을 맞을 준비가 덜된 모양입니다.

아, 모를 일이지요.
정말 신비한 세상, 그리고 나. 아무래도 세상을 아는 일보다 나를 아는 일이 더 어렵습니다. 날마다 내 인생 스스로 잘 만들어 갈 수 있다고 큰소리치지만, 사실은 시시때때로 푹푹 꼬꾸라지며 망연자실하고 있습니다.

정말 모를 일입니다.
"창문을 열어라, 그대 마음의 창문을 열어라. 춤추는 산들 바람을 한번 느껴보자." 우선은 갑옷같이 단단한 마음의 외투를 벗고, 맑은 봄 햇살아래 서 있어보렵니다.

부활의 봄소식

봄입니다. 볼 것이 많아서 봄이랍니다. 온 세상이 꽃 사태입니다. 생명의 축제에 감사하며 함께 기뻐합니다. 당신은 우리 마음에 봄소식을 주셨습니다. 부활의 봄소식 말입니다. 당신은 마침내 죽음과 어둠, 그리고 두려움 한가운데 오셔서, '너희에게 평화가 있기를' 말씀하시며 부활의 봄소식을 주셨습니다.

더욱이 우리는 서울도곡동성당 교우들과 당신 안에서, 한 형제자매임을 확인하는 자매결연의 기쁨으로 얼마나 행복한지 모릅니다. 감사합니다.

세상사람 누구나 아프다

살면서 아픈 사람들을 많이 만난다. 한류스타 박용하의 자살로 마음이 시리다. 누구나 가끔 지독한 통증에 시달리는데, 많은 경우 그 통증의 원인이 무엇인지 알 수 없다.

세상에는 아프지 않은 사람이 없다. 정도의 차이가 있을 뿐 저마다 심신의 고통을 안고 살아간다. 그리고 각자가 자신의 고통이 가장 크다고 느낀다. 그만큼 자신의 느낌은 절실하다.

고통에서 벗어나는 길은 없을까? 인류의 끊임없는 질문이다. 모든 종교적 진리도 이 질문과 대결해왔다. 모든 종교는 그 고통의 주인이 바로 자기 자신임을, 자신의 마음임을 설파한다. 하지만 종교적 진리는 멀리 있고 우리는 여전히 아프다.

아름다운 사람

아름다움은 모든 존재를 행복하게 해 준다. 세상을 다 돌아봐도 아름다움만큼 우리를 끌어당기는 것은 없다. 돈이나 명예를 얻으려는 것도 아름다움을 사기 위한 것이 아닐까?

아름다움은 무엇이며, 어디에서 오는 것일까? 가만히 살펴보면, 그것은 사랑스러움에서 온다. 단순한 외양에서 오는 것이 아니라, 마음의 사랑스러운 상태에서 우리는 아름다움을 느낀다.

사랑스러운 상태란 무엇일까? 당연히 그것은 사랑하는 마음가짐이다. 사랑의 눈으로 바라보고, 바라보는 존재에게 사랑의 파동을 전하는 것. 아름다운 사람은 사랑받고, 사랑받는 사람은 사랑한다.

영혼 없는

누구나 행복한 삶을 원한다. 살아가는 모양새는 다르더라도 모든 존재가 행복하게 살아가는 길은 없을까? 오늘 날의 삶을 면면이 들여다보면, 부유하면서도 영혼이 맑은 사람들도 있고, 가난하지만 자신의 꿈을 실현해가며 잘 살아가는 사람들도 있다. 하지만 생존경쟁의 틈바구니에 끼어 궁핍하고 영혼마저 피폐해진 사람들이 더 많은 것 같다.

최근 '영혼 없는 공무원' 이란 말이 회자되고 있지만, 어디 공무원만의 문제이겠는가. 우리 사회 전반이 인간의 자존과 소신을 지키며 살기 힘든 세상 아닌가. 특히 일자리의 불안정이 이를 부채질하고 있다. 그러니 이제 용기를 내서 냉혹한 경쟁시스템에서 자발적으로 빠져나와야 한다. 아니 이미 새로운 삶을 기획하고 실천하는 용기 있는 사람들이 많아지고 있다.

사랑 받고 싶으면

사랑 받고 싶으면 사랑 받을 짓을 해야 한다. 아무리 보아도 이것은 진리이다. 갓 돌이 지난 작은 아이가 방긋방긋 웃음으로 온 가족의 사랑을 독차지한다. 처음엔 별 느낌이 없다던 제 엄마도 싱긋싱긋 웃음 짓고 제법 또박또박 걷기 시작한 아기를 보더니 반해버린 모양. 요즘엔 매일같이 밖에 데리고 나가는데 재미를 붙였다. 제 아기이니 어찌 예쁘지 않으랴만, 절로 나오는 사랑은 아기의 노력의 결과로 보인다.

사랑 받고 싶으면 사랑 받을 짓을 해야 한다. 그런 노력 없이 바라는 것만 앞세우면 제 속에 불평과 미움만 키우게 된다. 적어도 아기만큼은 노력해야 할 것 아닌가?

심심병

어젯밤 한 세 시간 심심했다. 내 기억으로는 그처럼 심심함을 느끼긴 거의 처음이었다. 아침이 되어 어젯밤을 생각해 본다. 대체 무엇이 그런 느낌을 갖게 했을까? 예전엔 어떻게 지냈나? 저녁시간을 즐기던 때를 생각해본다. 밤이 되면 음악을 들으면서 성서나 다른 책들을 읽기도 했고, 몸과 마음을 위해 운동도 하고, 얘기 나누려고 이웃에 마실을 가기도 했었다.

저녁이 그리 한가하지만은 않았던 것이다. 아니 한가한 날에도 심심치는 않았다. 공동체 모임을 준비하며 생각에 잠기기도 하고, 기도하며 일기를 쓰기도 하고…….심심병이 나에게도 붙은 것이다. 요즈음 밤이면 밤마다 사람 만나러 밖으로만 돌아다니다보니 혼자 있는 시간의 리듬이 깨진 것이다. 그러니 갈피를 못 잡고 심심해하고 있는 것이다.

자연의 최후통첩

이 한도 끝도 없는 물질에 대한 욕망을 어찌할 것인가. 인간 생존이라는 협소한 관점에서도, 자연의 한계와 성장의 한계에 관한 담론이 이미 대중화되어 활발하게 논의되는 시대가 되었다. 하지만 모든 것을 집어삼키어 맹독성 물질로 배설하는 현대문명의 파괴적 시스템은 작동을 멈추지 않고 있다.

자연은 지속적으로 경고의 메시지를 인간에게 전해 왔다. 지금 현재, 폭염과 대홍수, 한파와 대지진이 동시다발적으로 전 세계를 강타하고 있다. 이 자연의 경고를 인간들이 계속 무시하며 욕망의 크기와 질을 바꾸지 않으면, 인간뿐 아니라 자연까지도 분해되지 않는 쓰레기더미에 파묻혀 죽어갈 것이다.

이것은 협박이 아니라, 지구별에서 쓰레기 같은 존재인 인간에게 보내는 자연의 최후통첩이다.

자연의 무위를 욕망한다는 것

가난한 행복은 어디에서 얻을 수 있을까? 그것은 자연과의 친밀한 감수성에서 비롯된다. 변화무쌍한 자연, 그 안과 밖에 산천초목과 동물, 사람이 있고 신성이 존재한다. 자연은 열려 있고 우리는 뛰어들어 좋은 벗으로 즐길 수 있다. 사람 속에는 탐구해야 할 신비가 우주만큼 끝이 없다. 현대문명 속에는 신비와 비극과 신성이 없다. 하지만 모든 존재는 신성하다.

진정 가난한 삶이란 자연의 무위無爲를 욕망하는 것이며 우주적 상상력을 소유하는 것이다.

용서와 사랑

잘 알고 있지만, 행하기는 정말 어려운 용서. 하지만 살면서 부딪혀야 하는 여러 가지 다양한 사람들과 일들은 끊임없는 용서를 요구한다. 용서하지 않고는 그 일에 관한 한 더 이상의 진전을 기대할 수 없으니까.

그래서 산다는 게 어쩌면 날마다 날마다 용서하는 것인지도 모르겠다. 그리고 내 잘못에 대해 용서를 청하는 것.

2010년 새해가 되면 싫든 좋든 더 많은 사람들을 만나게 되겠지. 용서할 수 있는 용기와 용서를 청할 수 있는 겸손함이 필요한 시간이다.

어느 시인은 이렇게 고백한다. "마음의 평화가 없는 것은 용서가 없기 때문이라고 기쁨이 없는 것은 사랑이 없기 때문이라고."

용서와 사랑이 전부이다. 사랑의 기쁨도, 용서를 통한 평화도 선물이다.

삶은 놀이다

삶을 놀이로 본다면 어떻게 될까. 이렇게 어렵고 복잡한 놀이라니. 그런데 조금 삐딱하게 세상을 보니 삶이 흥미진진한 놀이 같다는 생각도 듭니다. 우리는 이 빽빽한 세상에서 미치지 않고 살아갈 수 있는 에너지를 무언가에서 날마다 얻고 있는 것입니다.

그동안 참 많은 일들이 지나갔습니다. 예전 같으면 정말 감당하지 못할 일들을 이제는 조금씩 무심하게 지켜볼 수 있다니 참 놀랍습니다. 놀이로 보면서 즐기는 경지는 아니지만, 그래도 온갖 복잡한 사건과 사람들을 넉넉하게 바라볼 수 있다니 놀라운 일입니다.

아하, 이것이 기적이었구나 하면서 감동하고, 감탄합니다. 그래도 어느 순간 말려들어서 허우적거리는 자신을 발견하기도 합니다. 괜찮습니다. 그럴 수 있다고 인정하곤 합니다. 가슴 뛰는 하루하루의 삶을 놓치지 않겠습니다. 축복의 삶을 즐기겠습니다.

그런데 그런데요

우리가 보고 있는 것이 전부일까요. 우리가 보고 싶은 것만 보고 있는 것은 아닐까요. 결국 자신의 경험과 관점으로 보고 있을 뿐, 있는 그대로 보는 것이 아닙니다. 내가 생각한 대로 보는 것이지요. 내가 옳다고 하는 생각도 보이는 것들과 마찬가지로 한계가 분명합니다.

생각은 내 것이면서도 내 것이 아닙니다. 내 생각 속에는 다양한 이데올로기가 뒤죽박죽 섞여 있기 마련입니다. 심지어 서로 모순된 이데올로기가 공존하면서, 상황에 따라 이때는 이놈을, 저때는 저놈을 자기합리화의 논리로 호출하는 것이 사유하는 인간의 속성입니다. 그러니 생각은 내가 지어낸 바람, 물거품, 이슬, 허깨비. 그럼으로 생각에 속지 않도록 조심해야 합니다.

그런데 그런데요, 아무리 제가 부인해도 그 모든 것이 또한 제 속에 있어 시도 때도 없이 저를 사로잡으니 하느님, 어찌해야 좋단 말입니까.

기분 좋은 날의 풍경

내 방, 내 숨결이 살아있는 방, 나만의 공간을 둘러본다. 컴퓨터와 책상과 연필이 있고, 침대와 이불이 있다. 나는 그들 하나하나를 불러본다. 이불아, 침대야, 연필아, 너희들은 나의 살가운 가족이다. 창밖에서 시원한 바람이 들어온다. 바람아 넌 누구냐. 사제관 뒤뜰에서 깍깍 거위소리가 들려온다. 오늘따라 정겹다. 이제 그들이 나와 함께 넘실넘실 춤추기 시작한다.

오늘은 온 세상 전체가 내 애인이다. 이렇게 기분 좋은 날이 또 언제 있을 것인가.

사랑의 결핍

나는 교구가 복지센터를 반납할까봐 불안한 것이 아니다. 나는 내 친구가 나를 함부로 말해서 화난 것이 아니다. 나는 내 뱃살이 나와서 싫은 것이 아니다.

나는 내 마음의 감정이 생길 때, 무의식적으로 그 감정의 원인을 과거에서 찾으려 한다. 외부 자극에서 온다고 믿는다. 그러나 감정의 원인은 과거에도, 외부자극에도, 다른 존재에도 있지 않다. 아니다, 그 모든 것에 있다. 하지만 두려움, 불안, 걱정, 우울, 분노, 미움 등의 부정적 감정은 결국 나의 내면에서 비롯된다.

이유는 사랑의 결핍이다. 사랑의 빛이 사라짐으로 어둠이 시작된다. 오직 사랑만이 이 어두운 감정을 관통하여 빛으로 재탄생시킨다. 당신은 사랑만 보신다.

아침이슬의 윙크

잠자리에서 일어나며, 이 아침을 허투루 보내지 말아야지, 하는 생각을 했다. 거실에 나와 창밖을 보니 참으로 다정한 아침이 거기에 있다. 당장 밖으로 나가 아침 풍경의 주인공이 되어볼까. 내 마음은 자꾸만 서두르고 내달린다.

잠시 나를 붙잡아 세우고 아침을 내어다 본다. 가만히 지켜보니 스러지는 아침이슬이 햇살에 눈을 반짝이며 나에게 윙크한다. 그리 서둘 일이 아닌 것이다.

인생은 나를 위해 술 한 잔 사주지 않았네

나는 과거만을 본다. 주위에 모든 것을 과거의 눈으로 보고 있다. 오직 길들어진 과거만을 본다. 저 멀리 과거에 속박되어 있으니 현재는 허허롭고 공중에 떠 있다. 그러다 현실의 덫에 어느 순간 탁 걸리면, 어쩔 줄 모르고 쩔쩔매다 과장된 시선으로 사건과 사람을 사정없이 판단한다.

학습되지 않은 어린아이의 눈을 보면 어른의 눈과 다르다. 판단 분별 없이 그저 바라본다. 있는 그대로 보는 눈이다. 아무 것도 모르는 눈으로 처음이듯이 보면 다르게 보인다. 모든 것이 새롭다. 새것이다. 새로운 창조이다. 새로움에서 나오는 신비함, 거룩함, 충만함은 우리 인생을 황홀하게 한다.

그동안 내가 인생을 위해 수많은 술을 사주었는데도 인생은 나를 위해 술 한 잔 사주지 않았다고 노래할 때, 세상을 새롭게 보는 이 시적 비유는 우리를 흔든다.

본문 그림

〈슬픈 노래〉, 73×61, 천틀 위에 흙을, 2006 _ 11p

〈긴 기다림으로〉, 73×61, 천틀 위에 흙을, 2005 _ 14p

〈기억〉, 53×45, 천틀 위에 흙을, 2005 _ 20p

〈외침〉, 73×61, 천틀 위에 흙을, 2006 _ 26p

〈어머니〉, 73×61 천틀 위에 흙물 2005 _ 44p

〈어머니의 마음〉, 91×60, 천틀 위에 흙을, 2005 _ 52p

〈슬픈 노래〉, 73×61, 천틀 위에 흙을, 2006 _ 70p

〈외침〉, 73×61, 천틀 위에 흙을, 2006 _ 74p

〈슬픈 노래〉, 73×61, 천틀 위에 흙을, 2006 _ 88p

〈어머니의 마음〉, 40×55, 천틀 위에 흙을, 2005 _ 102p

〈바다를 잃어버린 강〉, 116×45, 한지 위에 분채, 2005 _ 108p

〈넋이 되어〉, 19×22, 석고보드 위에 흙을, 2002 _ 114p

〈가족〉, 45×30, 천틀 위에 흙을, 2005 _ 121p

〈아껴놓은 땅〉, 180×120, 천틀 위에 혼합 안료, 2003 _ 129p

〈기억 속으로〉, 206×146, 천틀 위에 흙을, 2006 _ 134p